一个女人的来电

YI GE NüREN DE LAIDIAN

魏晓英◎著

陕西新华出版传媒集团
陕西人民出版社

图书在版编目(CIP)数据

一个女人的来电／魏晓英著. — 西安：陕西人民出版社，2021.5（2022.4 重印）

ISBN 978-7-224-14110-8

Ⅰ. ①一… Ⅱ. ①魏… Ⅲ. ①中篇小说—中国—当代②短篇小说—小说集—中国—当代 Ⅳ. ①I247.7

中国版本图书馆 CIP 数据核字(2021)第 073846 号

责任编辑： 杨　婧
封面设计： 赵文君

一个女人的来电

作　　者 魏晓英
出版发行 陕西新华出版传媒集团　陕西人民出版社
（西安市北大街 147 号　邮编：710003）
印　　刷 广东虎彩云印刷有限公司
开　　本 787mm×1092mm　1/16
印　　张 10.25
字　　数 139 千字
版　　次 2021 年 5 月第 1 版
印　　次 2022 年 4 月第 2 次印刷
书　　号 ISBN 978-7-224-14110-8
定　　价 62.00 元

序

本书共收录17篇小说，其中《痴女》是我创作生涯中唯一一篇中篇小说，其余16篇短篇是我从2004年至2018年在短篇小说领域创作的一点儿小成绩。创作初期的短篇小说《换位》《旧友》《浮躁的灵魂》《钻戒》《小艺》等等，以笔名“恒达”或“幸儿”发表在《工人文化报》《秦都》《咸阳报》(副刊)等刊物。在此期间，创作的短篇小说《过渡时期》《李芬》《这个女人》分别收录在中国文联出版社出版的《职工文艺作品选》(一)(二)册中。

这些小说从20世纪90年代创作以来，记录了当代人对美好生活的渴望与向往。故事中的人物是现实生活中不同层面的缩影。身为女性，我尤为关注女性生活，她们的不易、艰难、痛苦，她们对幸福生活的渴望与追求，她们对爱的深情与眷恋等等，都深深地触动了我。我将她们写进故事里，虽然没有华丽的辞藻，但她们个个都闪耀着人性的光辉，与此同时，这些故事也记录了我对生活的认知和理解。

在塑造小说人物形象的过程中，也许我的抒写还显得稚嫩，但是我会一直成长着。

作 者

2018年7月22日琅玕斋

目录

一个女人的来电

1

刘丽做了一个梦。在梦里，她紧紧地抓住风筝线，全力将风筝往怀里拽，然而，风筝借助自然风力执意要摆脱她的控制，仿佛要钻进蓝天里，犹如一只大鸟自由地翱翔，她却像一个癫狂的病者，豁出生命般与之抗衡。倏然，一阵疾风吹来，她更加用力地拽住风筝线……

这时，刘丽从梦中惊醒，呆若木鸡般坐在榻上，头发乱乱的，眼睛呆呆的，平日的妩媚此时荡然无存。她想，这个梦预示着什么？ 她感觉王赞对他们共同营建的这个家已不在乎，脾气也不如从前好，特别是对她那种深深的爱意似乎荡然无存。她怀疑王赞移情别恋，她仿佛看见在他们中间，站着一个和王赞暧昧不清的女人。而这个女人，她可以肆意想象为那种特别讨厌的类型。她觉得王赞整天根本不是去工作，而是和她想象出来的女人去约会，然后干那种她忍无可忍的坏事。

每当王赞下班回家，她恨不得自己像孙悟空一样，变成一只小虫子钻进他的心里，彻底搞清他整天在外面都干了哪些见不得人的事。她从上至下，再从下至上审视着他。王赞等待着已经习以为常的审讯，他显得特别无奈，感觉这个家乌云密布，使他透不过气来，就等着暴雨狂泻……

在同事眼里，王赞是个好男人，听老婆话的好男人，下班就回家，没有特殊情况绝不在外逗留。就是有特殊情况，只要刘丽不批准，他还是会按时回家，求得安宁。但只有他心里清楚当个所谓的好男人是什么滋味。他明明知道这是同事们在讽刺他，但他又何尝不想有朋友、同事之间那种相聚的乐趣和精神的愉悦。他也是一个人，一个有七情六欲的男人，他并不想把自己禁锢在家里，只围着妻子、孩子转。尽管如此，在对待男女事情上，他仍固守己见。他的同事中有人和几个女人玩感情游戏，他觉得很过分，打心底瞧不起那种人，人怎么可以这样背叛家庭？ 他很看不惯那些人的做法。

以前，夫妻俩在家闲聊时，王赞就把同事在外有女人的事告诉刘丽。起初，刘丽并不在意，她心想，那是别人的事，只要丈夫对自己好，爱自己就行。渐渐地，她听多了便上了心。古人说：近朱者赤，近墨者黑。怎么他的单位也有乱七八糟的事，良莠不齐的人。刘丽恐怕王赞被那些莠草熏黄了。

她对王赞说：“环境改变人，近墨必缁，近朱必赤，你要不断提高和完善自己的道德情操，否则会给自己招来不必要的麻烦。”

他说：“放心吧，人和人不一样，我是爱你和这个家的。”

刘丽是个温柔漂亮的女人，而且具有独立性，她有一份收入颇高的工作。前几年，王赞工资还没有她三分之一多，但刘丽从未嫌弃丈夫挣得少，从不用行为或语言伤害丈夫，夫妻俩恩恩爱爱和谐美满，在王赞眼里，刘丽宛如一泓风光旖旎的湖泊，温柔可爱起来那美丽的样儿会让鱼沉雁落。

刘丽非常爱自己的丈夫，嫁给他，她很满足。虽然丈夫钱赚得少点儿，可是只要他爱她，她就不会有危机感，会安然自得地和丈夫快乐幸福地生活着。他们的爱情结下了甜蜜的果实。儿子的降生更给这个温馨的家带来无比的快乐。丈夫善解人意，妻子比他忙时，他主动多承担家务，毫无怨言，妻子的脸上绽开幸福的花儿。她庆幸自己找到了一位踏实可靠的男人。在丈夫和儿子身上，刘丽非常舍得，然而她对自己却显得有些悭吝。她认为男人就得体体面面像个绅士，女人服饰潮流变化太快，没必要买太昂贵的，加之她天生丽质，不用雕饰依然显得优雅而华丽。她那种与生俱有的魅力，使得多少男子垂涎，可在她眼里只有一个世界，那就是王赞。她在他的世界里温暖着、快乐着。她驳斥那些“在这个世界上没有真情可言……”“婚姻就像一座坟墓”等言论，她认为那是谬论。她说那是他们没有遇到属于自己的爱情，没有爱情的世界就没有天堂，没有快乐。她感慨爱的伟大，她相信弗洛姆的伟大名言：“爱是一种意志行为，一种把我的生命同另一个生命紧紧维系在一起的决策行为。”这就是两个原本没有血缘关系的素不相识的男人和女人生命的呼唤与应答，承诺与相托，这是人世间最伟大的情感。因此，刘丽认为，围城里充满了幸福与温暖。进了围城的女人是幸福的，一种烦琐的幸福，理不清的幸福！

2

一日复一日，儿子渐渐长大了。丈夫也渐渐忙起来，收入也愈来愈多，职位也越升越高。按理说，这是好事，但是事情的开头也许就是从这好事引发而来的。

王赞为人正直，工作敬业，整日的“吾日三省吾身：为人谋而不忠乎……”他的行为感动了领导，因此受到器重，当然待遇也随之提高，待遇高了自然责任就重了，肯定更忙。家和儿子一点一点地就照顾得少了，无形之中，这种责任就转嫁给了刘丽，原来是两个人的事，现在要她一个人来承担，刘丽心灵的天平失衡了。她觉得自己是职业女性，要工作，还要承担所有家务，不同于以前，那种恬静惬意的生活在她眼里变得复杂起来，丈夫对他的爱意和关心也逐渐少了许多，随之而来的是丈夫在外的应酬，男男女女去外地出差的次数越来越多。往日里，丈夫对她讲的那些她根本不放在心上的事情渐渐鲜活起来，她突然发现丈夫工作在一个充满危险的旋涡里。以前丈夫讲的发生在别人身上的男女之事，一时间，她怀疑发生在了丈夫身上。

于是，她有了一系列污秽的想象，原来感情是如此脆弱，像只华美的玻璃瓶，一不小心就会支离破碎。她第一次推翻了自己曾认为“围城里的人是幸福的”这一观点。

正在她对自己的观点产生怀疑的那段日子，一个偶然的事件，深深刺痛了她，这件事就像一个异物突然被扔进一汪平静而清澈的水面而起了波澜。她从此像只猎犬似的警觉起来。

那是一个闷热的夏夜，用完晚餐，一家人正在愉快地玩乐着。电话就像一个不识趣的白痴不停地吼叫，他俩谁都不想去接，内心都不愿让任何人破坏此时此刻的欢乐。儿子不知事地乐呵呵地拿起听筒，多么可爱而稚嫩的童声：“喂！你好！你找谁？”对方和儿子说了什么，儿子便转过头对王赞说：“爸爸，一个阿姨找您。”

他说：“是谁呀，真烦人。”

在他去接电话的同时，刘丽立即警觉起来，目光像箭似的要穿透他的心，他的身体被她这种从未有过的眼神惊得微微颤动了一下，他佯装漫不经心地从儿子手中接过话筒，刘丽一直盯着他，只听他声音急切而颤抖地说了声：“什么？我马上过来。”放下听筒，他顾不上对刘丽和儿子说一声就奔了出去。

刘丽第一次在儿子面前显得虚弱无力，她问儿子是不是一位阿姨把爸爸叫走了。儿子瞪大乌黑发亮的眼睛，向她用力点点头，恐怕妈妈不相信似的。

她按捺着将要失控的情绪，让儿子赶快睡觉。儿子要求刘丽给他讲故事，她此时此刻哪有心情，胡乱拿了一本童话故事书，塞在儿子手中让他自己去看。儿子躺在床上翻看着，一会儿问刘丽：“妈妈，这只大灰狼的肚子被划破了，救出小羊，那大灰狼能活吗？”

“别烦我了，自己看吧。”

她第一次对儿子发这么大的火。儿子呆呆地看着她，怯怯地把头转向一边。她干脆给儿子关上灯，让他在黑暗中独自睡去。她这时需要集中精力想事情，想王赞为何竟被一个女人的电话搞得失魂而出。

在想象中，她七拼八凑了一张女人的脸，仿佛看见那个无耻的女人和王赞纠缠在斑斓迷离的霓虹灯下。那女人要以死来威胁王赞？ 那女人要跳湖，王赞拉住她的衣襟，双膝跪倒在她面前，乞求她不要去死，不要去跳湖。女人说：你要爱我，就应该舍弃你的家庭，和你老婆离婚，跟我结婚，否则我就跳进湖里。他紧紧地抱着女人的双腿，哭求她不要这样。他让女人给他点儿时间，他和妻子协商离婚。女人立刻转悲为喜，问他是真的吗？ 他说是的。他还说,至少他要想好怎么跟妻子提出离婚的事。女人说他是出了名的好男人，怎么会舍得那个家？ 他说,那个家使他太压抑，好像头上顶了三座大山很重很沉,他都快喘不过气来了。为此，他管不了那么多了。

刘丽感觉自己好像就站在他俩之间，他们讲的话，她全听见了，她胸中燃起了烈火,愤怒的火焰直往头上窜，她要爆发了，她要怒吼了。她决定打电话给王赞，问他此时此刻在干什么？ 为什么一个女人的来电，会使他像一只发疯的犬，直奔母犬而去，这还是他吗？ 他还是人吗？ 怎么男人绝情起来会如此可怕？ 多么会伪装自己啊。什么好男人，他根本不配用这个词。

手机拨通了，刘丽强压怒火问：“什么事情这么急迫，连和妻儿招呼一声的功夫都没有？ 什么样的女人会让你这样失魂落魄，该不是一只妖狐吧？”

“别瞎说了，回来我再告诉你怎么回事。”电话挂了。

刘丽根据电话另一端的环境判断，他们好像是在大街上，在人行道那隐秘的树下，刘丽听到嘈杂的汽车流动的声音，她转而又想，这是不是假象呢？房屋临街，夏天天气热，打开窗户照样像在喧哗的街上。她仿佛还听到女人对王赞撒娇的声音。

她忍不住又拨了王赞的电话，责令他立即回家。

他说：“马上回家。”

一刻钟过去，王赞依然未归。她坐卧不安，又等了5分钟。5分钟过去了，王赞还未回。她想：怎么，还难舍难分了！那女人说不定哭哭啼啼抱着他不让走呢。想到此，她又一次拨了他的电话，这次她严厉地对王赞说："你若再不回来，我就报警110，说你被妖女挟持去了。"

"别胡闹，我这就回来。"

只听那女人娇滴滴的声音："你回去好好和她说……"电话挂了，她气愤地自语道："我看你怎么好好对我说。"

她如坐针毡似的徘徊着、等待着，一分钟仿佛就是一年，她吁吁地喘着气，难耐地等待着。

她隐约听见了脚步声，为了判断得真切，她将耳朵贴在门缝，全力运用听觉确认是否真是王赞的脚步声，果真是他的脚步声愈来愈近，她赶忙退到客厅中央，双手叉腰等待着。

他敲门。

她眼睛盯着门口，没去开门。

他用钥匙打开门锁，推开家门，他满脸的赔笑遇到的却是一脸的凶狠，她凶狠的表情扭曲了那张美丽的脸庞，活像一个母夜叉。他依然赔笑，其实，听见他的脚步声，刘丽的火气已经稍稍下了一点点，他毕竟回来了。但就事情的本质而言，很严重，她非得给他点儿颜色瞧瞧不行。王赞见刘丽那样，心想：如果说她是一条毒蛇，这会儿也是一条温柔美丽的毒蛇。他只是对她笑。

刘丽暗想，主动交代吧，我看你怎么说。

王赞不紧不慢地换上拖鞋，赔笑着走到她身边拉她坐在沙发上说："打电话的那个女人是单位同事王军的相好，文明地说就是情人。她说王军家出事了，要出人命，让我赶快过去，她就在咱小区门口打的电话，我接到电话顾不得那么多，想着都要出人命了，就急忙……"

"结果呢？"她问："是王军死了，还是王军的家人不在了？"

"其实，是王军不愿和他老婆离婚，也不想和那个女人再有瓜葛，今天王军提出，让那个女人以后不要再来找他，也不要打电话。”

“所以，她就给你打电话，然后让你和老婆离婚，再和她结婚对吗？”

“她那样，哪有你一个脚趾头好？”

“那要是比你老婆脚趾头还好的，你是否今天还要跑得快？”

“这个骗子她骗了我。”

“就这样一个女人都把你骗了，你岂不是太容易上女人当了？”

“刘丽，我是爱你的，更珍惜咱们这个家，你不要将我和他们相提并论。”

刘丽只是觉得王赞和从前相比判若两人。以前，她穿什么，戴什么，头发有锱铢的变化他都会发现，而现在，她再怎么在他面前变化，他都无动于衷。他说是工作忙，其实什么都看得见，只是没有像从前那样善于言表。他说他依然爱刘丽，而且比从前有过之而无不及。

3

那个女人来电后的第一个情人节，正逢王赞在外出差，为了给刘丽一个惊喜，他电话订购了三枝蓝色玫瑰，有意不留姓名让花店的一个年轻小伙子送给妻子。刘丽虽然不认识送花人，送花人也没说是谁送她的玫瑰，但她肯定，除了王赞不会是别人。她想，其实王赞是爱自己的，瞧他这用心，还有平日里那些细微的动作，一个牵手，一个拥抱，一个亲吻，一个无意间的抚摸，都和恋爱时没什么不同，也许人结婚后的生活更平实，更琐碎，但也更生动，难得他还保持着一颗浪漫的心。看着那包含爱意的玫瑰，她禁不住潸然泪下，她心里念叨，其实，自己的爱人真正是个有情有义的好男人。

然而，在她情绪不好的时候，她把王赞对她的这种情愫，偏解为有意做给那些对他有好感的女人看的，根本不是真心要送给她玫瑰，是为了讨好别的女人对他的爱慕。

王赞说她是无事生非，不可理喻。

她却认为他目的不纯。

王赞被她的胡搅蛮缠搞得又可气又可笑。他知道妻子爱他，是对他周围的人不放心，她的无理取闹是为了赢得他对她的重视。他窃笑她太傻。老公那么爱她，还瞎猜疑。

她每次和他闹过，他都能理解和原谅她。她在丈夫海洋般宽阔的胸怀里感受到爱人的温存。她心里明明知道老公爱她，没有外心，但她也不知为何，却无法控制自己，总给老公找碴儿。每一次战争之后，她都会歉疚地说："亲爱的，原谅我好吧，都是因为我太爱你，怕失去你。外边的女人，我一个都不敢相信。"

王赞让她相信他。她是相信王赞，可她无法相信外面的女人。他让她放心，说王军的事绝对不会在他身上发生。人和人不同，他爱刘丽，爱儿子，爱家，爱他的事业，哪有那份闲心。

刘丽被爱人的温言好语征服了，她宛若一个美丽的天仙，让爱人忘记她一切的瑕疵。他们沉醉在爱的春风里，他们每一次的战争，都是在爱的春风里消解，在爱的春风里散尽。

可是，刘丽不喜欢丈夫在外有应酬，特别是有女人在场的应酬，她无法忘记那个女人的电话，让丈夫像狂犬般奔出家去。对丈夫所说的，她始终半信半疑。什么在外应酬，肯定是跟哪个女人鬼混去了，想骗我，我刘丽是好骗的吗？

曾有几次，丈夫有应酬回来晚了，她每一次都像审犯人那样，问他和谁？在什么地方？说什么？干什么？王赞气得不知怎么回答才好，干脆什么也不说，他想用睡觉来对抗。刘丽见他回避问题，更是来气，冷嘲热讽的语言像苍蝇似的嗡嗡乱飞，扰得他身心不得安宁，他必须给她交代清楚，否则，别想休息。他简直无法忍受，但又无处可逃，因为他必须忍受着让她的怒气发泄干净，要不，天就塌了，后果不堪设想。但是，他又不忍心像她那样用恶语来伤害自己的爱人，那种压抑、郁闷的情绪使得他透不过气。王赞让她别闹了，说他胸闷得慌，非让她气出心脏病不可，她装作没听见，因为她还在愤怒当中，那些伤人的词语，怎么就那么容易从她嘴里蹦跳出来，她像个疯子继续攻击他。他捂住耳朵，光着脚丫，在屋子里被那些恶言逼得乱窜，他巴不得自己变成老鼠，挖个地洞钻进去。

她“讨伐”累了，警告王赞不能睡在她的床上，他不想再惹她生气，就乖乖地抱个枕头在沙发上将就一夜。

4

刘丽和王赞每次闹后，王赞再怎么逗她开心，她也不吃那一套，王赞无奈地对儿子说：“儿子，你妈妈是咱家的晴雨表，她阴咱就阴，她晴咱就晴。”儿子问他：“什么叫晴雨表？”他让儿子看看妈妈的脸就知道了。儿子一脸的茫然，眼睛盯着妈妈的脸，还未走到她面前，她忽地起身，背起包收拾几件东西，穿鞋就往外走，王赞看情况不妙，终于喊了一声：“你没完没了啦。谁要敢出这个家门，那是不行的。”

他的那种语气，毫无威慑力。她从容地打开门，一只脚正要迈出去，王赞飞步一把将她拽进来，急忙把门关上，她趁势抡起皮包要打王赞，王赞夺过皮包，她趁势抡起手捶打王赞。见她这样，王赞真是哭笑不得，她看到他嬉皮笑脸，失声哭起来，王赞顺手扔下包，趁机把她揽在怀里，此刻她在他的怀抱中绵软得像个哭泣的婴孩。

王赞真不知该如何对待和他生活了五六年的妻子。她那蛮劲儿过去，天底下再也找不到像她那样柔情似水的女人。她可爱得让你神魂颠倒。回到家，她的脸像绽放的花朵那样盛开着，散发着女人味儿。热饭香茶侍奉着亲爱的丈夫，若丈夫累了，她为他洗脸洗脚，按摩放松，毫无怨言。王赞就像神仙似的，早已把刘丽气他的情形抛到九霄云外去了，陶醉在琴瑟之欢中。

刘丽对王赞好起来，王赞就晕。刘丽温柔美丽，善解人意，相夫教子，里里外外一把好手。街坊邻居没有不夸她的。但王赞也难想通，刘丽怎么说变就变，就像云，有时真让人无法容忍，胡搅蛮缠起来真是不计后果，生气当中想跟她离婚的念头都有过。但每次战争过后，她对他倍增的爱意与温柔又使他割舍不下。难道要让他习惯她的无理取闹，屈从她的所作所为？唉！要想继续和她生活下去，也只能宽容她了。谁让他爱她呢。

过一段平静的日子，他就开始居安思危，恐怕有火源随时会点着导火索，他就要受罪。

突然，有一天，又一个女人来电："喂！你好！你是王赞吗？"

"是的，我是，您是……"

"听不出来我的声音啦，我是你高中同学肖红啊。"

王赞口里说出肖红。对于这个名字，刘丽并不陌生，因为她是王赞的初恋。

王赞和肖红多聊了几句，肖红说，要建什么同学录，问这问那，结婚没有？有小孩没有？这要是一般久别的同学，问这些问题再正常不过，可这个肖红她不一样，她是他的初恋。电影、小说中的初恋，婚后不知搞出多少孽缘。

她想：这个肖红是不是婚姻不幸福，想起初恋情人，是想重温旧梦吗？她仿佛在一旁听到话筒里肖红那发嗲的声音，肖红是在给王赞诉说衷肠吗？这个无耻的女人，她心里在发狠，行为根本不受大脑支配。

她一把抢过电话，声音突然柔和起来，她说："王赞还未婚，一直在等他的初恋情人，他说非你不娶呢。"她这种怪异的语调使对方语塞了，她不计后果地挂了电话。

这时，一直在忍耐、压抑着怒火的王赞冒火了，他愤怒地喊："刘丽，你这是干什么？”

刘丽想：好啊！不就是初恋吗，为了那个女人，想跟我火拼吗？可能早就想见她了吧，想飞到她身边和她结婚了吧？

她怒火中烧，口吐毒火向他喷射：“你赶快收拾行李滚到那个肖红那去。她早就盼望着你呢，寻寻觅觅可算是找到你了，都渴望极了，去圆你那苟苟且且的梦去吧。你不是早想跟你的红颜知己诉说衷肠吗？在这个家里，我给你压力，让你压抑，你早就不想在这里逗留。正好，你的心上人来找你，快滚！滚到她那儿去，永远不要再回来！”

王赞尽力抵御着从她口里飞出来的一枚枚炸弹，可是这些无情的炸弹，炸得他的身体千疮百孔，他只能用沉默反抗她的疯狂。

他越是沉默，刘丽越是嚣张，她从沙发上将他拽起来，连推带搡，让他滚出去。她敞开门，将一直在沉默中的丈夫推了出去。

就在她关上门的一刹那，她看见王赞的泪水扑簌簌地往下淌，她的心痛了一下，倏然想起曾经多次重复的那个梦。她立即全身战栗，握紧拳头，仿佛手中握着的风筝线，变得愈来愈沉……

2007 年 4 月修改

无法拯救

在一个烈日炎炎的中午，某学院家属院内乱作一团。一个10岁的男孩趴在窗户上呼喊着爸爸妈妈，男孩所在的房子被大火吞噬着，滚滚的黑烟像魔鬼似的从缝隙中窜出来，眼看着孩子愈来愈虚弱，趴在窗户上的手渐渐地滑了下去……

大人们在楼下干着急没办法。男孩的母亲已经昏了过去，人们急忙对她进行施救，掐人中，掐虎口；男孩的父亲眼巴巴地看着儿子倒下去，他想冲上去，人们却死死地拽住他，他的喉咙里好像塞满了树皮，再也喊不出儿子、儿子……一会儿火警、急救车一片混乱。那天是7月23日。

这是一个永远无法忘记的日子。我就是那个趴在窗户边喊着爸爸救命的男孩的父亲。每年的这天，我妻子都要从噩梦中哭醒，然后无论是半夜还是东方发白，她都会跑到儿子的坟堆大哭一场。我虽然不像妻子那样哭泣，但那悲惨的一幕使我的心再也无法平静。我永远不能原谅自己，并且再也走不出失去宝贝儿子的阴影。

大火，浓烟，浓烟，大火，我再也不能看见火光，不能看见和儿子同龄的孩子。火、孩子以及时常浮现在眼前的儿子那张纯真的脸，那张被烧焦的脸，啊……啊……我要崩溃，要彻底崩溃了，再也看不到他活蹦乱跳的样儿；他那淘气时的神情；他那得了“三好”奖状的喜悦心情；他那想要玩具又得不到的倔强……再也听不到他叫爸爸，他笑，他哭，哪怕是骂人……这一切都被那该死的火毁灭了埋葬了。无情的大火从此改变了一个家庭的命运，改变了我的生活轨迹。从此我无法再开车，单位为了照顾我，让我承担了一份轻松的工作。我在学院里成了一个拿着薪水而没有实际工作的闲人。

记不清是何年何月，我和毒品结下了不解之缘。犯瘾时美美吸几口，一把鼻涕一把泪的，腾云驾雾般就和儿子对上了话。儿子小平头，大眼睛一闪一闪的，胸前飘着鲜艳的红领巾，他跑到我跟前说：爸爸，这次我考了一百分，给我奖励什么呢？

我说：你想要什么，爸爸就给你买什么。

我要，我要一把枪和一辆汽车模型。儿子说。

好吧，就依你。

谢谢爸爸！

儿子又说：咦，爸爸，您怎么蜷缩在这角落里？

一时间儿子似乎长成了大小伙子，他像一个巨人似的俯瞰着我。

我说：都是爸爸害了你。

他说：爸爸，人总要离开这个世界的。我不是说了嘛不怪您，您为什么还这样折磨自己？

我说：儿子，爸痛啊！ 这痛没人理解，也无法理解。为什么那天先回家的不是我……火，大火包围了你，火舌顶住了门窗，你被关在屋子里，我和你妈妈眼睁睁看着你被那该死的魔鬼吞噬折磨，直到被魔鬼夺了去，我们没有办法，没有一点儿办法……你妈已经无力支撑这个家，你姐姐的智障越发严重了，完了，你将爸爸的一切都带走了。

爸爸，妈妈和姐姐需要您，您是男子汉，她们需要您。

那个家没有你，什么都不存在了，死水一般，死气沉沉，你回来吧，儿子，回来吧。

爸爸，您要坚强，为了妈妈和姐姐您也要坚强地好好活下去。戒了吧，把毒戒了。

不，不，不能，戒了它爸爸就看不见你，就不能和你说话……儿子，儿子，你怎么又走了。

一阵子过去，我醒了，儿子却走了。我抹一把眼泪，慢慢站起来，抖落抖落身上的沙尘，无精打采地离开那个不被人知的角落，像一具僵尸走在街上，那些同情又掩藏着厌恶的眼神落在我的脸上，像躲瘟神似的迅速离开。我已经无所谓了。

清醒着是我最大的痛苦，我不愿意清醒着，我愿意腾云驾雾般地和儿子约会。在我走不出儿子的影子时，苍天赐给了我瞬间的幸福。那时，她深情地向我走来。

她是小莲，一位善良可爱的姑娘。她是一名护士，悲剧发生的当晚，我们全家都被送进学院附院，院领导派她来照顾我们。接着我们又被领导安排住进招待所，妻子像棉花包一样瘫软在床，眼前总是有熊熊的烈火，有儿子的呼救声。儿子突然不见了。妻子喊一阵哭一阵，哭一阵又喊一阵。智障的女儿和妻子一块——她哭她就哭，乱套了。

小莲照顾着我们全家。领导、同事、朋友、亲戚人来人往地说了什么，做了什么我一概记不起来，眼里只有趴在窗户边呼救的儿子，儿子，呼救，倒下，烧焦的儿子。

小莲目睹了我和妻子一夜间头发花白的情景，她惊叹地捂住嘴哭着跑出房间。我感觉自己一下子苍老了几十岁。

小莲说："董大哥，你就哭出来吧，别这样闷着，闷出好歹，嫂子和你女儿可怎么办？ 你就哭吧，哭出来吧，董大哥。"

眼泪冲破了闸门，终于爆发了，像洪水那般。我大叫着跑了出去，冲进树林子里失声痛哭，鸟儿惊慌失措地逃跑了，我像个野兽一样在那里咆哮。我真傻，竟把汽油放在家里，汽油在高温下弥漫着，我嗅觉怎么失灵了？ 结果酿成大祸。我是罪犯，我是祸首，是我杀死了自己的儿子，我该死，我才该死呀……老天呀，你为什么那天不让我先回家，为什么？ 我无法控制自己的情绪，头往树干上撞去，小莲赶来怎么也挡不住，我流了血，满脸都是。小莲情急之下用身体挡住树干，鲜血染红了她洁白的衣服，她满含同情地抱住我说：“别这样，别这样，会过去的。”

小莲的泪水似双氧水一样冲洗着我的伤痛，她边包扎伤口边说：“董大哥，我不知道该用什么方式来安慰你，可你看看嫂子都成啥样了，你是男人，更应该振作起来，你总要顾一顾活着的人吧。”

她的话像一阵锣鼓敲醒了我，我突然明白，我应该怎么做。我感激地拉着她的手，久久地望着她，不停地说谢谢。小莲不好意思地低下头。

那段日子，小莲像家里人似的，支撑和抚慰着这个支离破碎的家；更像一名心理医生，为我和妻子疗伤。妻子慢慢地开始来回走动了，可院领导却将小莲调了回去。

小莲走了。妻子虽然恢复了活动能力，但她犹如霜打的茄子，没有笑容，没有言语。

后来，我们搬进了另一幢楼，家里的一切大都是大家捐助的，不管怎样，如小莲所说，我们还要活下去。

我试着好好活下去，可一切都变了。妻子对我就像陌生人一样，除了上下班，做饭，给女儿洗洗涮涮，其余事情一概不管。一闲下来就织呀织，边织边哭，她只说：“儿子，天冷了，妈给你织毛衣送去。”她哭了睡，睡醒了织。我知道她恨我，往傻里地恨，往骨子里地恨。家里从此再也没有欢乐，死气沉沉，冷冰冰的犹如冰窖。

渐渐地，我不愿意回家，就常去找小莲。

慢慢地，我去小莲那儿的次数越来越多，小莲为了使我摆脱痛苦，每在一起，她就给我讲笑话逗我。那段日子真是开心极了。不知不觉中，我对她产生了依赖和信任，我在她面前哭笑怎么都可以，我感觉到了从未有过的温暖。我越来越不想回家，越晚回家，就可以用越少的时间去面对那破碎的家。

小莲感觉到我有些异常，她劝我早些回家，少来她这里。我不听，我无法停止去她那儿的脚步，她就开始有意躲避。

我和妻子的关系已经不能弥合，我非常痛苦。对妻子我一点儿办法也没有了，她冷若冰霜，一句话都懒得和我说，我苦口婆心说服她：我们还会有儿子，我们还在育龄期。她依然不理我，碰都不让碰她。这家不像家，人不像人地活着，活什么劲呀。

我继续去找小莲。吃了多少次闭门羹我不知道，我不管，就守在她门口，哪怕在她门口蹲一会儿心里也舒坦。

结果就在那一次，就是那一次，我蹲在她门口整整吸了一盒烟的那一次。我失意地正想离开，忽然间，门却为我开了。

我似乎听见她说："进来吧，董大哥。"

我看见她眼里盈盈的泪光。我再也控制不了自己的情感，像获得一件心爱礼物一样把她贴在胸前。我问她："你是喜欢我同情我还是怜惜我？"

她不作声。

"小莲，你是可怜我？ 是吗？"

她在我怀里点头又摇头。

"你说不清是吗？"

她哭了。

我紧紧地抱着她，告诉她，我今生不能没有她。没有她，就没有活下去的勇气，就没有能好好活下去的信心。我爱她，真的爱她。也许她会骂我不是人。我不管。不管她怎么看我，我都要告诉她，我爱她，爱她。我不能没有她。

我将她抱起来放在她的床上，她没有看我，也没有说话，她只盯着房顶，就好像房顶上正在演绎一部神话。

我打断了她的神话。她看着我的脸。我的嘴触碰到她柔软的嘴唇，她没有拒绝；我解开了她的衣扣，她身体有些颤抖；我吻了她的乳房，她呼吸急促起来；我挺了进去，慢慢地，她的身体仿佛插上了翅膀飞了起来；我的潜意识在呐喊：给我一个儿子，再给我一个儿子吧，小莲。

一切归于平静，她哭了，泪像泉眼一般汩汩冒着，在脸上泛起莹莹的光。

我抱着她，紧紧地抱着，想用手抚慰她的哭泣；我抚摸着她美丽的身体，她软软地贴紧我……我脱口而出："小莲，我的可人儿，给我生个儿子吧。"

"不！ 我不能！"她很坚决。

……

我再去找她，她已不知去向。她躲开了我。

后来，听别人说她嫁人了。她有了自己的生活。

我又和痛苦抱成了团儿，无法分解。我毫不犹豫地加入瘾君子行列，就在那时，这不能怪她。

儿子走了，带走了我的希望；小莲走了，带走了我的梦；留给我的都是些残破的日子，记忆的碎片。我只有蜷缩在角落里，用它麻醉我的肉体和灵魂。

一天，我突然毒瘾上来。情急之中宛如久饿的野兽，鼻涕一把泪一把的，我急忙掏出锡纸……猛吸几口，刚一抬头，一个身影刹那间出现在我的眼前，她的美丽像一股清泉注入我的心灵，我把那段美丽的记忆抖搂出来，她婀娜的身姿在我的泪花中跳跃着扭曲着，我匆忙背过身，人曲成一团，对她说：小莲，原谅我，原谅我，我无法拯救自己，无法拯救！

2004 年夏月

痴 女

1

小溪读小学时一直是班里的优秀生，打小她就乐于助人，喜欢打抱不平，年年被评为班里的三好学生，是同学们学习的榜样。可后来发生的一件事却改变了她一生的命运。

读五年级下半年时，初冬的一天下午放学后，妈妈让她去麦场扯点儿麦秸秆回来生火，一到麦场，她隐约听见有人在麦秆堆后面哭，就轻手轻脚地过去听，只听见几个小流氓对哭着的女生说："这次，不但要偷你家里的钱，还要偷你妈的首饰。"

女孩哭着说："我不敢，不知道家里的钱和首饰放在哪了。"

几个小流氓听后就对她拳打脚踢，说："你现在就回去把钱和戒指给我们弄来，弄不来，我们就弄死你！"

女孩道："你们放了我吧，求求你，等我爸爸回来，我从他兜里偷。"

"不行，你几次没给我们偷出钱了，我们没啥花了。现在马上回家去偷。"

“我家真没什么可偷的了。”她话没说完，那帮人又开始打。

这时小溪已经听出女孩是她的同班同学——西村的燕子，燕子说：“求求你们别打我了，我们家实在是没什么可偷了。”

那帮流氓不听燕子辩解，劈头盖脸地打，一边打一边骂：“没钱就打死你！”

一贯喜打抱不平的小溪顾不得考虑那么多，突然出现在一群流氓面前，她临危不惧大喊一声：“不许打人！你们这群流氓，你们想干什么？”

“呵，来了个多管闲事的，给我上！”小流氓头子一挥手说。

她俩光顾着喊人，却没防住小流氓用砖头猛击她们的脑袋……

等大人们赶来，小流氓早已跑得没影了，小溪和燕子倒在血泊中。

燕子经抢救无效死了。

等小溪再醒过来时，什么也记不得了。

从此，小溪大脑留下毛病，人们要问起那件事她只是摇头，一时清楚一时糊涂地说不清。有人说她傻了痴了。

事后，她成为见义勇为的英雄，成为全校乃至全乡学生学习的榜样。但这些对她来说已经毫无意义了，她已经不是以前的她了。幸运的是，她还能上学，但她的学习成绩再也不是全班最好的，在老师和同学们的帮助下，她也只能考及格。就这，她要付出比别人更多的时间去学习。

然而，时间久了，同学们就不在乎她什么英雄不英雄了，经常有人歧视她，说她傻，说她痴，才弄成这样。

2

小溪的老家在她所居住的古城北郊，出了城大约 10 多公里的路程就到。小溪有一个姐姐两个哥哥，父母亲一直坚持让他们兄妹四个读书，父母亲经常对他们说：一个农家出身的孩子，要想有出息，想出人头地，就必须好好读书。读书，才是咱农家孩子的唯一出路。父母最疼小溪，特别是小溪出事以后留下病根，可父亲从没有怨她多管闲事，一直说她做得对，做得好，人就要有这样的正气，鼓励她一定好好读书，将来一样有出息。

小旺是长子，知道家境不好，母亲又体弱多病，弟弟妹妹都在上学，靠父亲一个人支撑这个家，他于心不忍。没考上大学的小旺心想靠种地永远也翻不了身，于是决定走出去赚钱，赚很多的钱，让家人过上好日子。等有了钱，他一定要让弟妹们都上大学；等有了钱，他一定要给小溪治病，不让别人再歧视她，并且，要让她上大学，去接受高等教育。这是父亲的愿望，也是他的。

下了决心，王小旺带着简单的行李走出王村。

一年村里人没见他，他就给家寄了五万元。

两年村里人没见他，到年底他带回了十五万。

到了第三年，他就把家里的几间土坯房全拆了，盖起了小二楼。

家用电器，只要城里人有的，他们家全有。他们家很快就脱了贫，在村里已算是富家了。

小珊第一年没考上大学，小旺鼓励她再补考一年。也就是他为家盖房子那年，小珊考上外地的一所医学院。其间，小波正在念高三，小溪已进入高一了。

有了一点儿资本，王小旺就不再做“元气袋”而转做“脑心通”，他成为东北三省的代理商。除脑心通，但凡是保健品，什么赚钱他做什么。没几年工夫，他就成为真真正正的有钱人了。他的朋友都是富翁，各人有各人赚钱的窍门。

有了钱，他没忘记给小溪治病。

一到寒暑假，他就坐飞机赶回家，带着小溪去北京、上海等各大城市求医。中医、西医全都试过了，作用不大。

他想带小溪去国外求医。

医生说："小溪这种情况，就是去国外治疗，也无济于事。她已经很幸运了，和她一起严重颅脑损伤的孩子不是死了吗，还有的类似情况连自理能力都没有，她不但能够独立生活，还能读书，真是不幸中的万幸。"

小旺说："可她有时候疯癫癫地说一些不着边际的傻话，天王老子都不认。"医生说："最好的办法就是让她少受刺激。正因为她骨子里有正义感，才会这么偏执 。总比什么都不清楚的好。"

小旺不甘心，他带小溪走访了各地的名医，最终说法都一样。

小溪问："大哥，医生都说些什么呀？"

他说："医生都说你没有病，是哥有病。"

小溪说："本来就是你有病。"

"我有什么病？"

"你有现代病呗，全世界的人都得了现代病。"小溪说，"我健康得就像咱地里的庄稼，我才没病呢。"

小旺哭笑不得，只得迎合她说："是，我病了，全世界人都病了，小妹最健康。"说着他眼眶热热的，心里期盼着，只要她能坚持读完书，接受良好的教育，也许，她就会有幸福的将来。一定会有的。

不料，就在小溪要考大学的那年春天，她的母亲却因心脏病突发离开人世。小旺从东北赶回来，小珊和小波都请假从学校赶回来和母亲告别。之前，父亲一直不让人扣棺，就是要等他在外的大儿子和上大学的两个孩子，最后再看他们的娘亲一眼。

小旺、小波和小珊在母亲的灵柩前哭得死去活来，唯有小溪看似比任何时候都不正常，她没有一滴眼泪，也不说一句话，这让小旺他们很担心。

父亲说可以钉棺入殓了。只听，钉棺声无情地将母亲与他们阴阳两隔，顿时，哭声、唢呐声混成一片……

小溪看着哥哥姐姐哭得那么伤心，再看看那些亲戚、邻里、乡亲，干哭没泪。她蔑视他们一眼，突然喊道："你们都别嚎了，我妈都要被你们吵死了，你们让她老人家安静安静行吗？ 你们哭什么哭，你们应该高兴才对，我妈是去天堂了，她并没有死，她是享福去了。”

顷刻间，灵堂前鸦雀无声，哭声、唢呐声仿佛一下子凝固在空气中，化作一片寂静。

人们都望着这个傻丫头，哥哥姐姐被她的举动震慑住，大家全都愣了。

只见她眼睛凝望着灵堂上空，平静地说：“你们看，妈妈在对我笑呢，她说她要去天堂。我看见两位天使护送着妈妈飞走了，像一朵美丽的云彩似的飞走了。”

小旺醒过神来，急忙叫小波拉小溪回房。他对亲戚邻里说：“原谅小溪，大家不要介意她这种行为，她，她有病。”

众人只是哀叹一声。

入殓仪式继续。哭声，唢呐声又响起……

小旺以当时最隆重的葬礼安葬了他的母亲。请乐队，放电影，唱大戏，村里无人不说小旺孝顺能干，羡慕老王头有这么个会赚钱的好小子。

小溪自始至终没哭一声，她不时仰望着天空，仿佛在和天神对话，时而默语，时而脸上露出笑意。她频频地在母亲的遗像前焚香，心里不知在念叨什么。

3

不久，小溪参加了高考。落榜了。距高考分数线差好几十分。

小旺得知消息后，一是考虑到父亲年迈，二是考虑小溪的将来，三是觉得这几年钱赚得也不少了，可以回乡干一番事业。他怀揣着对未来的打算，回到了家乡。

回家之后，他首先给小溪打听学校，最终决定让小溪上民办大学，为此整天在城里奔跑。功夫不负有心人，小溪被一所知名的民办大学录取，这所学校就在古城南郊，为了能照顾妹妹，她和父亲商量在古城，离小溪学校不远处买一套房子，最后选定在紫薇花园买了一套公寓。小溪上学前，全家人就搬出王村，住进紫薇花园。父亲需要人照顾，他找了一个钟点工，按点来给父亲做饭洗衣。小溪有时住校，有时回家。

安排好家事，小旺就开始忙碌自己办药厂的事，办药厂的目的，就是为解决小溪的就业问题，以便自己好照顾小妹。

小旺的药厂很快建成并且投入生产。为了建厂，他可没少开支，然而舍小钱赚大钱是他的发展理念。他就是依照这种赚钱的理念富起来的。

建厂初期，他亲自选定生产的几种保健品销量非常好，这是他把握之中稳赚的。他将全国各地的市场销售分为一、二、三级代理，渔网式地铺开；电视广告及各种小报铺天盖地。广告带来的效益就是：人民币从四面八方汇入他的账户里。这座古城也因有像他这样的一帮人而闻名天下。他的资产滚动得非常快，由建厂时的几百万增到两年后的几千万。

这时，小珊从医学院毕业，小旺托人，不费力气地就将她安排在古城一家知名医院的骨外科，和小珊所学的专业正好吻合。小珊上班后不久，就有一位同科的大夫叫王斌的在追求她。

她将此事告诉小旺，小旺赞成说："好事啊，只要人好就谈嘛。"

小珊说："那怎么行。我告诉他了，在我大哥还没有谈朋友前，我是不会考虑此事的。"

小旺听小珊这样说，就告诉她："别傻了，只要你觉得对方合适你，你就谈。大哥还愁找不到女朋友吗？ 向我示爱的女孩子多了，但我觉得都不踏实。你哥我都快 30 了，在外跑了这么多年，啥样的女人没见过，可好像都不是为爱而来的。不过，我最近碰上咱们北边李村的一个高中时的女同学，叫李梅。哎呀，典型的东方女性，人长得很小巧迷人，丹凤眼，柳叶眉，小鼻子，小嘴，瓜子脸。记得在学校时，她可是不怎么讲话的，和男生一说话就脸红。

现在整个人都蜕变了，打扮得入时漂亮，又落落大方，她竟然直截了当地告诉我说，她在高中时就喜欢我。简直不可思议。”

“她现在干什么呢？ 学什么的？”小珊问。

“她从旅游学校毕业后，在一家旅游公司当导游。有一天来我们厂拉业务，正好就……这几天，天天给我打电话，不可思议，社会真能改变人呵！”

“那有什么奇怪，社会不是将你也变成富翁了嘛。”

“这我首先要感谢发明元气袋的那位先生——来辉武，是他给了我发家的机会。”

“还是感谢你自己吧，是你抓住了商机。不愧是山西人的后代……”小珊话没说完，小旺手机响了。

他接通电话，只听对方说：“喂！ 你好！ 我是李梅。”他将手机移开耳朵，小声告诉小珊：“是李梅。”

小珊说：“有意思，还追得挺紧。”

李梅约了小旺出去。打那以后，渐渐地小旺和李梅的约会就多了起来。

李梅好像施了魔法似的，小旺一下子坠入了情网。不到半年光景，李梅就真成了小旺的妻子。

小波是学企业管理的，毕业后就在小旺的药厂给他当助手。小波大学时，谈了一个福建籍的女朋友叫王妮，她虽然不太言语，但很有心计，她随小波一起也到了小旺的药厂工作。

时隔不久，小珊和小波都相继结婚，一人一套100多平方米的房子，是小旺送给他们的结婚礼物。

父亲见儿女们一个一个都成了家，就回王村老伴的坟地告诉老伴：“只剩下小溪了，等她有了着落，我就可以安心地随你去了，再也不会孤单了。老伴呀，孩子们的婚姻那都是自由恋爱的，我没过多地干涉。不过，两个儿媳妇，一个咋咋呼呼，不会过日子；一个是满眼里都有事，以后还不知道会怎样呢……”

王小旺成家后，还一直和父亲住在一起，他怕父亲孤单，所以一直没有答应李梅搬去另一处豪宅。

4

李梅结婚后就没有再上班，她不知从何时起，变成一个特别会享受生活的女人，做面膜，打麻将，去健身房，逛商场，整天不着家。反正老公能挣，老婆花呗。家务、公公全交给保姆，她根本就不用操心。每天回家，手里不是提着衣服就是鞋子，家里都要开商场了。谁看得惯看不惯她根本不在乎，公公哪敢说她，她只要不给脸色看就不错了；至于那个傻傻的小姑子，她更是没放在眼里。

小溪发现她这样，打心眼里瞧不起她。小溪对小旺说："大哥，我觉得李梅表里不一，她对我和爸，根本就不是在你面前表演的那样，她那是做给你看的。她每次都是赶在你回家之前早回家五分钟。她根本就不关心爸，更别说我。"

事后，小旺问过李梅，李梅花言巧语就过去了，小旺很忙很少顾及家事。一晃一年过去了，小溪也毕业了，李梅也为王家添了个女丁，取名叫思思。

小溪被安排在公司的办公室工作。其间，王妮已经主管财务，小波主管生产。

经过一段时间的工作，小溪慢慢地对小旺公司的实质有了一些了解。她发现了小旺发财的秘密。廉价的成本，暴涨的利润。她觉得哥哥有点儿黑心，钱来得太容易。她心想，大哥能有什么本事制造什么药品，对药理一点儿不懂，都是他请来的那些所谓的博士、所谓的中医行家帮他制造的骗人的东西。不行，我要问清楚，不能让他们这样下去。

小溪抑制不了来自心底的一种莫名的冲动，她去小旺的办公室质问他：

"大哥，你这样昧着良心赚钱就不怕遭雷劈吗？"

"怎么了小妹，这样跟大哥说话，遭什么雷劈？ 哥干什么坏事了？"小旺一边说一边示意小溪坐下。

小溪没有坐，站在小旺的办公桌前继续说："我都接过N次电话了，消费者用了你生产的药后，有太多不适的反应。有的上着班就突然晕倒，有的拉肚子都拉脱水了，有的甚至呕吐不止已经住院。我亲爱的哥哥，你这到底都是些啥药啊？ 这药里到底装得是什么呀？"

"什么药？ 都是经卫生部门批准制造的药，一样手续都不缺呀，你看这墙上挂的都是证件。"

"那会不会是生产中哪个环节没有按要求，比如配方的比例不当，或者不卫生，或者用错哪一剂药什么的？"

"不可能，这几年都是这么生产的，配方绝对没问题。"

"你的绝对已经有问题了，你还抵赖不成。"

"啥问题，就你接的那些电话，啥时候都有。只要你把方的说成圆的，圆的说成方的不就行了。"

"圆的就是圆的，方的就是方的，明明不好让我说好，你这是欺骗行为。你瞧瞧你请的那什么博士什么研究生，全是假的，全是欺骗。哥，如果这样下去，企业的生命力是不会长久的。"

"以我现在的资产怕什么。"

"你不怕，哪天闹出人命你也不怕？"

"都是些中草药能闹出个啥人命，"小旺起身来到小溪身边，拍拍她的肩膀说，"好妹妹，你就好好在办公室待着，干好自己的工作就行，其他事你就别操心，这么多年，全国这么多家生产保健品的，哪一家出什么事了。好啦好啦，去工作吧，你说的这些我会留心的。"

小溪说："我会弄清楚的，你骗不了我。"

小溪走出办公室。小旺自语道："我这个妹妹还真是偏执，痴得不得了。”

小溪气呼呼走进自己的办公室，一屁股坐在椅子上，心里气愤道：“都疯了，被欲望、金钱搞疯了。”

小旺的公司真是如虎添翼，发展迅猛。他不但在高新区买了一栋写字楼，而且回王村买了几十亩地，投资千万，通过国家GMP认证，建起了自己的生产基地。基地分办公区和生产区。白色的办公楼基本是三层高，办公区与生产车间的建筑材料有质的不同，办公楼是砖混结构，而生产药品的车间全部材料用彩钢板构建。办公区和生产车间用绿化带隔开，厂区绿化只能用草，不能种花。因为，花粉会通过空气污染药源，产生不良后果。制药车间周边环绕绿色的草坪，车间大约两层高，统一用天蓝色勾边，整体看上去很环保，很舒服，很和谐。

生产车间分液体制药车间和固体制药车间两种，每一个车间都建筑得方正严实。工作人员不得随便出入，非工作人员没有总经理的批示，也不得随便进入。制药车间分控制区和洁净区。洁净区内，除工作人员外，其他人员绝对不能进入，因为人是最大的污染源。车间通道，使用绿色的环保颜料处理过，专业的叫法“自流平”，防止产尘；墙壁全是用彩钢板，所有的墙角都是圆弧形，不易产尘，易于清洗；为防止污染，车间分两层，上面是技术夹层——空调、水、汽等系统，上下隔离非常严密。

无论是液体制药车间的流水线，配液—灌装—封口—灭菌—外包，还是固体制药车间固体药的压片—填充—内包—外包，一律是全隔离、全封闭的流水作业。液体的用水也是经过净化处理后才引入液体流水线的。这和以前那种作坊式的制作有了质的区别。

车间是封闭式管理，里面的人说他们仿佛进了监狱。尽管像监狱，想进里面的人还要寻人说情，然后经过严格培训，缴纳保证金后方可得到这份工作。

王晓华就是通过小溪进去的，保证金还是小溪代缴的。王晓华是小溪的同学，晓华天生奇丑，在学校几乎没人和她玩，只有小溪从不歧视她，经常与她为伴，在别人欺负她时，小溪经常站出来替她打抱不平。晓华对她感激不尽。自打小溪出事后变得傻里傻气时，晓华就成为小溪最好的朋友。因此，晓华进药厂，还真是小溪的人情。

小旺的职工已经从以前的几十人增加了几十倍，很多经销商也因他而发了家。

他不断提升技术含量，根据市场需求转型，推出了一系列国药准字的药品。以前公司主打保健品，但消费者对保健品有了新的认识，加之市场控制很严，为了安全地发展壮大，他忍痛弃掉那块赚钱的肥肉，增加技术含金量，仅留下几种他认为合格的保健产品。再者，是因为小溪在媒体面前说痴话，虽然是痴话傻话，可小溪的行为启发了他，他因此想到转型，事业能发展到今天的程度，他从内心感谢他的“傻小妹”。

在一次捐赠大会上，他给弱智儿童捐款100万元。也因为小溪，她已不是一个健全的人，他想唤起全社会对弱势群体的尊重。正当他在做报告期间，小溪突然站在主席台上，痴话连篇，胡说一通。她说：“大家都听我说，他的钱是怎么来的我最清楚。那是欺骗消费者得来的。我在他厂里接听电话，经常有人告诉我，服用他们生产的减肥药，还有妇科药，有的晕倒在家，有的晕倒在大街上，有的都住院了。他们还说是用药不当，又给消费者推荐他们生产的另外一种；他们的减肥药里根本就是几味草药加点巴豆，那些爱美的女人吃了就拉肚子，那些妇科洗剂主要就是用艾叶熬出来的汁子，没有进行杀菌消毒就进入市场销售，不但治不了病，还有不良反应；他制造的药都是骗人的……”

这时候全场人都愣住了，沉寂片刻立即又喧哗起来。记者们像一只只警犬，他们最敏感。顷刻间，相机的闪光灯都向小溪照过来。小旺急忙过来阻止，让他们别拍她，说她有病，在胡说八道。他嘴上这么说，心里却在怨：这个傻妹子，真是傻到家了。这时小波和几个人硬是把小溪拉出会场。

秩序稳定后，有的记者就质问王小旺：“你妹妹会陷害你吗？ 她说的都是真的吗？”他说：“你们也知道的，我小妹她有病，就是因为她，我才捐出钱呼吁全社会关爱弱势群体。大家若不信，会后马上随我去厂里参观……”会场依然议论纷纷。

后来真有一些记者去了小旺厂里，小旺热情地款待了他们，做了他们的工作，最后他们也答应不发消息。也有个别记者不吃这套，对此进行了如实报道，但最终没有给他造成什么大的影响。

自那以后，小溪成为家里的公敌，嫂子、姐姐、姐夫都鄙视她，说她真是傻到家了，还亲妹子呢，算了吧，就让她在办公室闲待，电话也不让她去接，别的工作更不让她介入。

小溪暗想：你们这样就能控制我吗？ 别忘了，我还有内线。

然而，小溪出乎意料地揭发小旺，这反倒提醒了他。他想，要将企业发展得更大更好，赚更多的钱，就必须投入一些资金使其正规化、市场化，这是大势所趋。以前的做法，虽然没有人命关天，却似乎有些违背商道，自己应该改变经营路子，顺应市场，符合政策。必须走国药的路子，堂堂正正地赚大钱。因此，他很感谢小溪，所以他不像别的家庭成员那样去记恨小溪，他想小溪无论如何都反不了天。

于是，小旺在他“大胆的改革”中迅猛地前进着。

5

每年2月，内蒙古有一个大型的药品、保健品订货会。2002年春节期间，四面八方的生产厂家、经销商都聚集在内蒙古某市。像这样的订货会王小旺每年不知要参加多少次，但是这次，他准备得很充分，从产品的认证、说明、包装乃至宣传品的印刷，人员的调配，样品的生产等各个环节，他一点儿都不敢含糊，订货会上第一批货最为重要，经销商下不下单就看这首批货，所以必须在样品上下功夫，要保证货真价实，销出去后立即见效，而且还不能给消费者造成危害。因此，哪一个细节他都不敢马虎，也不能马虎。他和弟弟小波天天守在生产第一线，盯着赶会的样品。10 多个品种，每种货品最少准备几百箱，计算一下，一个市场放几箱，全国 100 多个市场，10 多个品种真是够忙的。

与会的日子还有三四天，他已将样货提前运至会场，整个会场就他们的展厅最大，最醒目。订货会上，在他们的展厅洽谈业务的经销商应接不暇。正像小旺预期的那样，这次订货会办得非常成功。他们的品种，经销商们很感兴趣，不但样品早被经销商一抢而空，而且还拿下不少的订单。“太好了！ 是预料中的顺利呀，好！ 好！ 药品投入市场后，只要疗效好，见效快，消费者一定喜欢用。”他转而又想：“可药里的几种主料太贵了，成本太高，像这种情况，圈里的朋友一般都会在打开市场后，减少主料，加大辅料，既不影响人的健康，也降低了成本。圈里朋友都这样，我若太认真，他们会诋毁我……可是，这样做违背职业道德，若是让小溪发现会怎样呢？ 唉！ 管不了那么多，谨慎点儿就是了，让她在公司待着，少去药厂。”经过一番思想斗争，小旺右手的拳头直击在左手心里，发出一声脆响。他立即从怀里掏出手机，通知药厂吴经理，抓紧时间，大批量生产需要的产品。并且要求，样品里的几样主要的成分减量，多加一些辅料，降低成本。对方电话里有点儿迟疑，小旺坚定地指示：消费者只不过加长服药期，又不会危及生命，行里都这么干，怕什么。最后，小旺特意嘱咐主管人员，千万不要让小溪到生产车间去。

打完电话，他长长地“嘘”一口气，心里一盘算：“哇！ 这次我要赚翻了！ 几百万……千万……亿万……在很短的时间内，我将成为首富，古城首富啊！” 他高兴得不能自已。回家前，他宴请了所有与会人员大吃大喝一顿，所有人都喝了庆功酒。宴毕，大家才兴高采烈心满意足地回家。

这次去内蒙古，小旺公司出了两辆轿车，一辆专运药品的东风加长货车。他和弟弟小波同坐一辆进口的三菱越野车，随行的人员坐在他们前面的丰田轿车里，货车尾随其后。

也许是归心似箭，也许是过于兴奋，也许是酒精起了作用。平静之后，大家都有点儿困倦。

丰田轿车司机见车上的人都犯困，他大声说："你们要是都睡了，我手中的方向盘若是也不听使唤，那后果……"吓得在座的几位不敢打瞌睡，一个说，咱们唱歌吧；另一个说，唱什么呢？ 第三个说，就唱《心太软》吧。于是他们强打精神唱起来。

小旺和小波呢，同样是一上车就犯困，司机也许是受他俩的影响，也许是酒精做的怪，手中的方向盘有点儿不听使唤。司机拼命摇头，想让自己保持清醒，却怎么也赶不走来自大脑深处的睡意。

不一会儿，司机眼前的山，重重叠叠；路，弯弯绕绕……他感觉自己飞驰在半空中，犹如醉鸟一般……

小旺在朦朦胧胧中看见漫天的人民币从四面八方飞进他的保险柜，他和李梅快乐地用验钞机验着一摞一摞的钞票，李梅贪婪得像个巫婆，一会儿亲吻他，一会儿亲吻钞票，乐翻了……

小波已经沉沉地在副驾驶上睡着了，他早已进入甜美的梦乡。在梦中，他看见王妮婆娑着向他走来，他们拥抱一起，甜甜蜜蜜……

小波那带有节奏的鼾声，就像一首催眠曲，使司机不知不觉中进入睡眠状态，司机潜意识里想迫使自己睁开眼睛，但他怎么也战胜不了瞌睡虫施的魔法，终于，他的眼前陷入一片黑暗之中……

猝然，他感觉自己在一片黑暗中迅速地坠落，他豁然睁开眼睛，一头黑亮的头发立即倒竖起来，他想喊一声"完了"，然而，他却什么也喊不出来。他大张着嘴巴，眼前的山谷箭也似的上升，汽车像瀑布似的飞流直下，接着，猛烈的撞击声响彻山谷……

此时，小溪的父亲正在家中午睡，却突然从床上弹起落在床边又重重地滚落在地上。他不知怎么回事，躺在地上心里发慌发乱，"我这是怎么了？ 感觉特别不好……"他马上预感到肯定是出了什么事，他急忙起身点着一根香烟走出房间，忐忑不安地在客厅徘徊着。

这时小溪从外面回来，她看见老爷子不安的表情问：“怎么了爸，出什么事了？”

“不好，不好，肯定是出事了。”父亲说。

“爸，您已知道出事了。”

“真的出事了？”父亲急切地问。

小溪说：“爸，您别急。我告诉你，自从媒体那次事后，他们防我就像防贼似的，我进不了车间，可我有眼线在制药车间里，就是我的好朋友——晓华，我每次回老家，晓华下班后到咱家，我就能知道我哥药厂的情况。晓华告诉我说，我哥他们在制造假药，这次他们在内蒙古开会，拿了不少订单，除了样品药是按要求生产以外，其余全是假药。我哥为了降低成本加大辅料，药的效果大打折扣。爸，您看，我还带了假药样品回来，这样的药，病人就是吃十盒，都顶不上好药一盒，您瞧瞧（小溪将药递给父亲）。”

父亲接过小溪手中的药问：“晓华怎么知道就是假药呢？”

“我哥让吴经理变药方大量生产，晓华听见了。我特意叫晓华留意药厂的情况。”

父亲声音颤抖地问：“你大哥他们真的造这种药坑人吗？”

小溪点点头肯定。

父亲气得浑身颤抖，嘴里骂道：“孽障，孽障呵！ 会遭报应的。”

小溪说：“爸，我们要阻止他们，若是被药监局发现，我哥会坐牢的。”

小溪说到此，只见父亲手捂住胸口跌坐在沙发上，她慌忙喊道：“爸，你怎么了？ 怎么了？”

父亲指着茶几上的药，小溪这才明白爸爸心脏病犯了。

她急忙倒水，让爸爸喝了药，在沙发上休息。小溪关切地注视着爸爸，生怕有什么不测，她让爸爸去医院，爸爸摇摇头说：“不用，不要紧，过去一会儿就好了。”他有点儿吃力地拉住小溪的手语重心长地说：“女儿，如果爸爸以后不在你们身边的话，第一，你一定好好照顾自己；再者，想方设法阻止你大哥的行为，不能让他这样下去。”说到此他老泪纵横。

小溪点点头说：“我会的，爸，您不要激动，小心血压升高，会很危险的。”

父亲伤心地说：“我老了，不中用了，你大哥就知道赚钱赚钱，赚那么多钱有什么用，良心都没有了。”

小溪说：“爸您放心，打小您就教育我们要正直、诚实，可我哥他们变了，我会阻止哥哥的。”

说完小溪正要去卫生间拿毛巾给父亲擦脸，这时门铃响了，小溪打开门，见是姐姐和姐夫杨斌，诧异地问：“你们不上班跑回来做什么？”

小珊没有回答，她见爸爸脸色苍白躺在沙发上忙问：“爸爸怎么了？ 是不是老毛病又犯了。”

父亲激动地说：“小珊，出事了？”

“爸，您都知道了，您可要挺得住呀。”小珊忍着悲伤说。

“姐，你也知道了，你怎么知道的？”小溪问。

“大哥一块开会的人打电话到医院，我们医院急救车已经赶往出事现场了，可能这会儿都快回来了。”

“什么出事现场？”父亲急忙起身问，“他们……他们还出了别的什么事吗？”

小珊再也承受不住，她的眼泪像雨滴似的往下滴答。

父亲声音颤抖地追问：“小珊，你快说！”

小珊更抑制不住自己的情绪，放声哭出来。杨斌泪眼盈眶地小声对小珊说：“你这样他们猜也猜到八九成了，你就告诉爸出了车祸，人只是受伤而已。”

父亲听见杨斌在小珊耳边嘀咕，他逮住“车祸”两字，激动地问：“小旺和小波出了车祸吗？ 在什么地方？”

杨斌只好说：“陕北一带。不过，爸您放心，我们医院去了救护车，保险公司也去了，听说他们只是受了伤而已。”

小溪听姐夫这么说，劝姐姐别伤心。小珊也怕再这样伤心会引起父亲怀疑，就暂时忍下悲痛，她让小溪好生照顾父亲，她和杨斌要回医院，说是一会儿救护车要把他们送回医院。

老人的心里不情愿接受更严重的事实，但是，陕北一带，全是山路，如果两车相撞，可能就是受伤，若是掉进沟里……后果不堪设想……他不敢再往下想。

听小珊说回医院，他想去亲眼看看儿子是否只是受伤，只要他们活着，活着。小珊劝他别去，他执意要去。他们了解老头子的脾气，他要干什么谁也拦不住。小珊想，父亲是否预料到后果。他心性挺硬，看目前的情形，也许能承受这一切吧，他总是要知晓真相的。小珊只好带父亲和小溪一起去了医院。

他们在去医院的途中，小波的妻子王妮突然打电话给小珊，声音颤抖地啜泣道：“小珊姐，他们出事了！”小珊让她坚强些，情况只有等救护车回来才能知道，小珊让她直接从公司赶到医院。

挂了电话，小珊问小溪：“知道李梅去哪里了吗？”

小溪说：“她整日里不是去买衣服就是去做美容，要不就是去打牌，影子都见不着。”

小珊立即拨通李梅的手机，李梅正在美容院做皮肤护理，小珊隐忍着悲痛告诉李梅：“小旺和小波他们出车祸了，你赶快去医院。”

李梅不相信，以为小珊开玩笑。她说：“小旺中午还打电话说赶天黑就回来了，这才几点。”

小珊没好气地说：“我和你开这种玩笑？你真够没心没肺的，爸和我们一起都快到医院了，你要不是这家里的成员，你就享受你的！”

李梅愈听愈觉得心乱，这大姑子是不可能和自己开这种玩笑的。她听出小珊急了，并且生气地挂了电话，浑身的细胞都紧张起来，心脏突突加速跳动，她抢过美容师手中的洗面巾，匆匆在脸上擦几下，护肤油都来不及抹，蹬上高跟鞋就往外跑。

李梅急匆匆地从计程车上下来，三步并作两步往医院里跑，这时，救护车戛然停在李梅的眼前，只见医生和护士一边叫人让开，一边从救护车里抬出伤者，然后飞速奔向急救室。担架从李梅身边抬过的刹那，她瞥见了在担架上昏迷着的血淋淋的那张脸。“是他，我的丈夫！”她在心中肯定着，“是他，我的老公。我是不会看错的！”

她倏然间变成一个疯子，扑向担架，哭喊着小旺的名字，医生护士拽住她，不让她近前，此时，小溪和家人都赶了过来。

医生说：“病人需要抢救，家属要冷静，在此等候，不许靠近。”

李梅脑子里输出的信号就是：老公，你千万不要死，不能死啊，没有了你，我可怎么活呀!

想到此，她更是伤心，扑通一声，她双膝跪地恳求医生：“您一定要救我老公，我们不能没有他呀，求求您了医生……”

医生没时间和她细说，只是说：“我们会尽力。”

看着急忙穿梭着的医生、护士和来往的人们，王妮就是没有找到小波，她突然拽着一位医生的衣袖问：“怎么没有小波？ 小波呢？ 小波他在哪里？”

医生躲闪着说：“他们……他们在另外一辆救护车上。”

王妮又问：“他们怎么没有一起到呢？”

医生没有回答她，转身进了手术室。

“医生……医生……”王妮喊着。

这时，一直在一旁快速思索着的老人家，企盼的眼底慢慢生出一种悲凉，他的眼前开始变得模糊，这时，天也灰暗下来，倏然刮起沙尘暴，沙尘袭击着他，他的鼻孔和嘴里填满了黄土的味道。他冷，他热，又冷，又热，孩子们声调急迫，担心，忧伤，他听到那个医生心底的声音，有些悲哀，有些不忍心，小波已经被拉到火葬场了。没错，他听得很真切，那医生心里是这么说的，但他没有讲出来。老人家再也撑不住了，身子变得软绵无力。他想，我这是怎么了？怎么站不住？要倒下去？他觉得自己全身的血液都在往上涌，迅速往头上涌来，他站立不住，他要倒下去，他的意识一点一点不清，他终于失去了平衡，重重地摔倒在地。

老人家突然倒地，使他的孩子们惊乍不已，他们需顾眼前的父亲，他们喊着父亲，他们又喊叫医生，他们很悲伤。

但是，老人家听到孩子们的呼喊，却已经说不出一个字，他只是感觉自己小便失禁，他的裤子被尿浸湿了，而且肛门使劲地扩张，要把那肠道里的东西一股脑儿地从肛门挤出去，他的全身往外渗着虚汗冷汗……他似乎看见儿子小波那血渍模糊的躯体在向他呻吟“我好痛好痛”；小波的脸被脑浆糊得看不清楚，全身的骨头都碎了，五脏六腑都露了出来……火葬场的工作人员要为他清洗，整容，化妆，要把小波肚子里的东西给他塞回肚里，然后再缝合，“哦！可怜的小波，我的儿子，爸来了。”他的胸口一阵憋闷，喘不上气来。

孩子们慌乱地抓着老人家的臂膀哭喊着。

这时，小波的妻子王妮也昏了过去，医生又赶快抢救王妮，王妮一会儿活过来，一会儿又晕过去……

只有小溪，唯有小溪呆呆地站在一旁，眼睛里是一片混乱的影子，她面无表情，一片苍白。

这个家全乱套了。

老人家不忍心再听到孩子们的悲伤，他希望自己快速咽下这口气随老伴而去。老人家呼唤老伴快来拯救他，来了来了，老伴来了，轻轻地握住了他的手，他感觉到一种久违的温暖与幸福。“我得救了，我得救了，我自由了。”老人家长长地舒一口气，他的灵魂快乐地脱离了躯体，飞了起来，和老伴一起，看见孩子们个个涕不成声，唯有小溪，她一直瞪着双眼，面无表情地站在父亲的尸体旁，没有一滴泪水。他们轻轻地来到小溪身边，小溪听见了母亲那风一般轻的声音，母亲似乎告诉小溪：“孩子……我们会在天国为你祈祷。”

小溪感觉一股温暖包裹着她的全身，很快又消失。

她抬头眺望，啊！ 母亲就是菩萨的化身，她拯救了父亲，他们亲密地向天空飘去，飘进云层的深处。此刻，小溪的嘴角漾出一丝淡淡的不被人察觉的微笑。

小溪家出这么大的事，王村的人都惊沸了。说什么的人都有：

“钱来得不是正道。”

“挣的是昧良心的钱。”

“挣了黑钱老天长眼，那是老天对他家的惩罚。”

还有更难听的……

当然也有同情者。一个家惨遭这样的重创，想起来都令人心惊胆战，好心的乡亲、邻里、近亲都去给他们帮忙，直到给小溪的父亲和二哥料理完后事，才痛惜地回去各忙各家的事。

唯有好友王晓华，主动留下来照顾小溪和她的家人，厂里决定晓华先不用去上班，留了下来陪小溪，帮助小溪料理家事。

小溪和晓华是最好的朋友，可以说是同病相怜的一对。小溪见义勇为留下后遗症，别人都说她成了 “傻丫头”；晓华是因为天生长得奇丑，皮肤接近棕色，面目和别的小孩不一样，前额就如房檐似的护着额下的部分，并且脸上还天生带来一大块青记，左眼和左脸颊上半部分都是青黑色的。但她身材高挑，匀称丰满，背影看上去有明星的风姿。虽然如此，也改变不了容貌给她带来的不济的命运。方圆 10 里外的人都知道，王村有一个奇丑无比的“丑女”，还有一个美若天仙的“傻丫头”。

因为她俩的命运不同于别的女孩，所以她俩走得更近。当她们受到旁人的嗤笑、鄙薄、起哄时，她们会联盟对抗，一起抵制，友情也更加深厚，可以说是同病相怜的患难朋友。

后来，小溪上了民办大学，家也搬进城里，晓华在家务农。小溪毕业那年，晓华突然嫁给本村那个家里穷得叮当响，因抢劫服刑七年，刑满释放回家的李莽。李莽既没文化，又没德行，父母在他服刑期已先后去世，家里一无所有。

晓华和他结婚时，村委会才组织人帮李莽修整了常年漏雨的瓦房。晓华嫁给这样的人，还整天地挨打受骂，受歧视，但她似乎没有怨言。

婚后，晓华和小溪私聊起他们夫妻之事，说李莽还特意买了一块带美女头像的手帕盖在晓华的脸上。还说李莽曾说，要不是他娶了晓华，这辈子晓华都没有机会真正做女人了……

李莽好吃懒做，整天和村里几个赌徒昏天黑地地赌牌。晓华知道自己丑，嫁给这样的人挨打受骂也认了。为了好好过日子，起早贪黑忙于耕作，也并无怨言。她说，她这个样子，还能挑剔什么样的人家吗？ 也许只有李莽这样的才会要她。

尽管小溪觉得晓华为李莽那样的人不值得付出，但她明白自己也没有改变晓华命运的良策，她嫁都嫁了。

小溪每次回王村，都给晓华带几件衣服，要么就塞给她几百块钱以表朋友间的情意。

现在小溪家里出了这么大的事，死的死，伤的伤，悲的悲，小溪就像一个游离的女神，不知道她到底想干什么？ 她一会儿望着天空，张开双臂，脸上显得那样宁静，宛如一泓清澈的湖水；一会儿她嘴里不知嘀咕什么报应、因果；一会儿她独自坐在房间发呆。晓华为此也难过至极。

杨斌叮嘱晓华，一定要看好小溪，不让她出门乱走。

晓华在小溪家，细心地照料每一个人，还有在医院的小旺，一日三餐，李梅按时回来取。

小溪的父亲和哥哥小波被装进两个精致的小盒子里，在那里，他们享受着属于他们的宁静。

小溪依然时而神情恍惚，时而清清楚楚，明明白白。

小旺虽然保住性命，但是左腿主骨干骨折，肋骨骨折，全身缠满绷带躺在病榻上动弹不得。

李梅心里庆幸自己没有成为寡妇。而平日里不怎么待见她的王妮，如今孤家寡人，李梅暗笑道：“清高什么？ 看不起我文凭低，我文凭低如何？ 我比你漂亮，不像你，典型的福建女，而且 只眼睛斜着，不就个高嘛，像排骨似的有什么好。我文凭低，我没成寡妇，我老公会挣钱，只要他活着，我就是个富婆，哪怕他成个瘸子，也没人敢歧视我。我幸福着让你瞧瞧。”

李梅殷勤而周到地照顾着病榻上的丈夫，仿佛她就是这个世界上最幸运的妻子，最幸运的女人。失去公公和小叔子的痛苦在她的脑海里，眨眼间就已经成为过去。

王妮这些天，不思茶饭，不哭不哼，比往日更憔悴。

小溪依然少言语，一会儿沉默，一会儿傻笑，一会儿呆呆地仰望着天空，似乎和谁在低语着。

晓华为朋友神情黯然。

现在这个家里，除李梅脸上挂着笑意之外，每个人还没有从突然失去两位亲人的悲痛中走出来，李梅回家觉得沉闷，怕这种情绪影响女儿，宁愿带着女儿住在医院陪着小旺。

小旺躺在病榻上，并不能安心养病，他担心王妮，又担心小溪，觉得自己给这个家带来这么大的灾难，他巴不得自己马上就能站起来，为亲人分担一切。

他在病榻上的几个月，没有停止工作，他电话遥控大局，他要更加努力地赚钱，以此来补偿他带给家里的巨大创伤。小旺虽然伤势还没有大愈，腿还一瘸一拐，但他认为已没有大碍，因此急切要求出院，家人和医生的话他全然不听。

他拄着双拐，在小珊、杨斌和李梅的陪同下，颇为艰难地走回自己久违的家。一进家门，他一眼就看见客厅中央父亲和二弟的遗像，他顾不得未痊愈的肋骨和腿，扔下双拐扑倒在父亲和二弟的遗像前号啕大哭。听见大哥的哭声，小溪和晓华急切地从房间下楼到客厅，王妮支撑着身子也从房间来到客厅，这时小溪见到扑在地上痛哭的大哥，心底热了一下，但她没有流泪，只是呆呆地看着一家人跟着大哥又痛哭了一回。哭着的人在杨斌和晓华一再的劝导下，才渐渐停止了抽泣。

小珊小心扶起趴在地上的大哥，小溪见大哥站不稳，捡起拐杖撑在大哥的腋下，大哥转过身，视线落在王妮身上。他愧疚并且艰难地走到王妮面前，像个罪人一般低下头，喉咙再次被什么东西堵住似的，哽咽地说："王妮，大哥对不起你，是我害了小波。"

王妮此刻一脸的漠然，似乎躯体和泪水一起枯竭了，憔悴得让小旺暗惊。

这时，小珊在大哥耳边细声说："二嫂怀孕了。"

小旺听此言，心中有些许的安慰。小波有后了，我一定全力照顾弟媳和未出世的侄子，应该承担起对他们的责任。他抹去脸上的泪水，对王妮说："你放心，只要有我在，我决不会让你和肚里的孩子受丝毫的委屈，我管你们一辈子。你现在要好好保重身体，为了孩子你也要振作起来。"

小旺话音未落，王妮从心里堵到嗓子眼的那股气，终于涌了出来，她痛不欲生地哭喊着小波的名字……

李梅在一旁嫉妒丈夫对王妮说的那些话，以往小旺虽然没在李梅面前夸王妮漂亮（因为她确实长得一般），但是总夸她的能力强。因此，李梅一直妒忌王妮。她盯着小旺，心里似在对丈夫似在对自己说：给她一些钱不就行了，现在的女人谁愿意为死了的人干守着，她还那么年轻，难道不会找男人？没准，不出一年她就要嫁的。只是，她千万不要生出个男孩子。对自己说到此，她假惺惺地去劝王妮："王妮，你今后的路还长着呢，你要节哀，等小宝宝生出来再另做打算，你还这么年轻。"

王妮虽然悲痛，可李梅的话，她字字听得真切，她暗想：好一个泼皮，等我生了宝宝想撵我出门，做梦去吧。我是要另做打算，从今儿开始，我打算在这个家扎根，老天会护佑我生个男孩，我从此会善待自己，平安生产宝宝！

想到此，她立即停止了哭泣，仿佛身子也硬朗起来，她不让任何人搀扶，挺直腰杆回房去了。打这以后，她用心调养，为生孩子准备着。

6

小溪家里的一切秩序又正常了。

小溪要上班了，晓华也要回药厂工作，她觉得已经完成了使命。晚上，她俩洗漱完毕，躲进闺房说私话去了。

小溪对晓华说：“你明天上班后，可要给我当好间谍哟，别忘了我给你的任务。虽然是我哥给你开工资，可你得为我工作，不得马虎。”

“这会儿你还……那可是你亲哥。”

“我要听我爸妈的话，要阻止他们伤天害理。”

“可你爸妈已经不在了。”

“不，他们在，无处不在。难道你想和他们一伙吗？”

“那倒不是，我始终会和你站在一起。不过……”

“没有不过。”

“好好好，看你那痴劲又上来了。咱们不说这个，聊点儿别的成吗？”晓华哀求道。

她俩不知不觉又聊到小溪的家事上，晓华提醒小溪说：“王妮可不是一般女人，李梅虽然咋呼，但她没心眼子，她守不住这个家。小旺大哥觉得愧疚于王妮，会对她更好，王妮会不会得寸进尺？ 虽然王妮不太讲话，但她心思很深。”

小溪说：“她俩一直暗中较劲，鬼都能看得出来，李梅根本不是对手。不过，这些和我好像没多大关系。”

“你傻呀，这个家没你份吗？”

小溪颇为感伤地说：“这个家不是我的，我的家都被父亲母亲带走了。现在这个家，他们想咋折腾就折腾去呗，都是身外之物。你可知‘物壮则老’这个理？”

晓华见她对家这么淡，劝她还是找个男朋友成个家，以后也好有个人照应。

小溪摇头说：“我可不想成家，瞧瞧你，我可不想受那份罪。”

“咱们俩可不一样，你那么漂亮，而且家境好。”

“好什么好，都好成这样了。再说，我和你一样，在别人眼里都是有缺陷的。不过晓华，你有没有觉得他们才‘不正常’吗？”

“他们都爱钱。”晓华说。

“我大哥给我介绍他的一位做食品生意的朋友，说他的朋友很有钱，对我也有意思。可我总觉得，他们这些人，心都是黑的，我若没有原则，那岂不成他们同类了。”

“那你就一辈子不嫁人吗？”

“我嫁，可我要嫁的人，天底下也许没有。”小溪脸上呈现出暖意。

“那你还嫁一个神仙不成。”没等晓华说完，她拉着晓华走到窗口，推开窗，手往天上一指痴痴地说：“我向往的人在那儿呢！”

晓华心想：我俩都是心比天高，命比纸薄呀！ 但嘴里却说：“那怎么可能。”

小溪说：“真的，我无数次地梦见他，他就像一个精灵，从我的窗口扑棱棱飞进来，变成一个金光闪闪的旋涡，旋涡一下子就变成白马王子。他每一次来临，都是在月亮最圆的时候，他拉着我的手，我们一起飞翔在夜空，享受宇宙的神奇，我望着被月光笼罩的大地、静谧的森林、流动的溪水、茵茵的绿洲，我的心沉醉了；我在他的庇护下，变得更加轻盈，更加美丽。啊，那时的我是多么惬意舒畅！ 我们躺在绿草上，我们漫步在月光下，我们牵着手，我们相视而笑，我们没有言语，因为世界上没有任何言语可以表达我们在那个时刻的情意；我们享受着那份神秘，那份诗意般美好的时光，我们沉浸在无限的快乐之中……”

小溪陶醉在她叙述的那个情景中，粉红的脸上挂着甜蜜的微笑，就连晓华也被她感染，闭上眼睛分享小溪的快乐，脸上显现出从未有过的幸福。这一刻她们就是天底下最美最健康的女人。

那一夜，她俩甜蜜得一觉睡到大天亮。

7

7 个月后，王妮如她所愿，生了一个男孩，孩子长得既像小波又像小旺。她心里非常得意，在孩子刚刚降临的一瞬间，她在心里告诉小波：你有儿子了，你放心，我一定好好抚养他。王妮流下一串串泪水，她又慢慢将泪擦干，眼睛里流露出旁人不可猜测的光芒。

一直在产房外等候着的小旺，听说是男孩，别提有多高兴，他对自己说：我们王家总算有根了。

他急急忙忙去告慰父母和二弟的在天之灵，让他们放心，他一定好好抚养小侄子，当自己的亲生儿子一样对待，绝不会让他受半点儿委屈。

李梅见小旺因为得了侄子高兴成那样，心里很不舒服。她生女儿时，也没见他如此高兴。不知道的人，还以为他是王妮的丈夫，新生儿的爸爸呢。

小旺吩咐李梅把王妮接到紫薇花园坐月子，王妮执意要回自己的住所。

李梅正希望如此。然而，李梅哪里会明白王妮的用心呢。

小旺顺从王妮的意思，只好让一直给他们做家务的刘嫂去照顾王妮母子，并且给刘嫂加了工钱，吩咐她日夜好好照顾王妮和孩子。

刘嫂 50 岁出头，身体健朗，人又本分，做事利落周到。她是经家政公司介绍来的，一直在小溪家做事。把王妮母子交与刘嫂，小旺放心。家里的事也不多，小旺让李梅先应付着，随后让家政公司再介绍一位。

小旺开车接王妮出院，刘嫂和李梅一同护送。

李梅看着丈夫那兴奋劲儿，气就不打一处来，比接他亲生孩子还来劲儿。李梅憋了一肚子的气没法泄出来。

安置妥当后，小旺去公司上班。小旺前脚走，李梅一分钟也不想待就离开了。

回家的路上，李梅寻思小旺对王妮的体贴胜过对自己，心里特别不是滋味。不就生个儿子嘛，看他喜爱的那个劲儿，就像是他亲生的似的。他既然喜欢儿子，我为什么不给他生一个？是啊，我可以给他再生一个儿子就是啦。以前小旺想要一个男孩，我怕身材变形不要，小旺虽然嘴上也没说什么，但我知道他心里不高兴。可眼下这种情形，为了保住自己的地位和财产，我必须生个男孩，偌大的家业也好有后人继承，至于身材只好等生完孩子再说。我要让小旺只想着我们自己亲生的儿女。

李梅拿定主意，偷偷去医院拿掉节育环，准备给小旺生个儿子。

出于无奈，李梅偶尔去看王妮和孩子，可每次她去，小旺都在。她不高兴，却不会装在心里，全写在脸上。

王妮看出李梅不快，心中颇为得意。她挑衅似的地对小旺说："大哥，以后就让明明叫你爸爸，行吗？"

"太好了！叫我爸爸，就叫我爸爸，我弟的儿子，也是我的儿子，都一样。哈哈哈！ 儿子，叫爸爸……"

"那怎么行，你是孩子的伯父。"她说（李梅脸都憋红了）。

"伯父和爸爸都差不多，再说，小波是因为……唉！ 我们血脉相连，就叫爸爸一样，就这么叫吧。"说着话，他眼睛盯着李梅好像在问她，你怎么能这样说呢。

李梅还想争辩，小旺不让她再说下去。李梅肚子里的一团火直往脸上窜，憋得她的脸就像油炸的柿子饼似的。

王妮见李梅面色难看，脸上显现出胜利的喜悦。

恰在此时，小溪也来看侄子，见李梅一脸不高兴，就问李梅怎么了？

这一问，李梅更觉得自己没面子，眼泪在眼眶里打转，她硬是忍着，她告诫自己，决不能在王妮面前掉泪。然而这该死的不听话的眼泪直往眼眶外涌，她觉得再也控制不了，就急忙转身甩门而去。脚刚迈出王妮的家门，眼泪就势不可挡地倾泻而下。

小溪看出来李梅输给了王妮。

回家后，她问李梅到底怎么了？

李梅告诉小溪原委。

小溪劝慰她："那是大哥觉得对不起二哥，是在弥补王妮。王妮让孩子把大哥叫爸爸是有点儿不妥，可是二哥没了，大哥是孩子的亲伯父，叫爸爸也没什么。"

李梅说："我总感觉王妮对你大哥没安好心。"

小溪说："那是你们的事，别的我管不了。不过，你是我大嫂，我就多说几句，你整天就知道购物，逛商场，根本就不把我大哥放在心上。人家王妮呢，整天在大哥身边，而且掌管着财务大权，她挺着大肚子那会儿，还时时关心大哥吃什么喝什么，也就是你，就只顾着自己，当阔太太，大把大把地花钱。这女人要想让丈夫一辈子爱她，那是要靠智慧的（小溪用右手食指指指脑门），你就好好想想吧。"

李梅呆若木鸡，暗想这傻丫头说得不是没有道理。她突然问："小溪，你说我该怎么办呢？"

没有应答。小溪早就没影了。

算了，求人不如求己。李梅继续想：我怎么办？ 怎么办？ 看来王妮是别有用心，想夺我的老公，再夺所有家产。如意算盘打得不错呀。啊呸！ 没那么容易。李梅又哀叹一声对自己说：想想当初，她征服小旺的那些招数，使小旺誓死不渝地爱着自己。瞧瞧王妮那排骨样……记得小旺说过，他最不喜欢像王妮那种类型的女人，干巴瘦。怎么今天他的想法改变了吗？ 不会的，他一直都说不喜欢排骨型的女人。不过，人是会变的。也许，他就因为喜欢儿子而改变了对王妮的态度。王妮，一个看似文静，内心却不知多么歹毒的女人，人前装出可怜相迷惑小旺，背后不知安的什么心。她真要对我使出什么坏，别人恐怕都不会相信，这种人最阴险恶毒。没想到小波给我丢下这么一个对手……我决不能输给她，决不能让王妮的阴谋得逞。

晚上，小旺很晚才回家，李梅洗完澡，特意穿上她新买的一套淡粉色印花真丝内衣和超短的薄纱睡裙，在镜前微微淡妆，照来照去，走来扭去等着小旺。

而小旺走进卧室后倒在床上就睡，丝毫没在意李梅的精心打扮。

她心里早就想好怎样征服小旺，她有几套方案可酌情而施。因此，小旺对她的冷淡，她有所准备，不在乎。

她特意轻柔地凑近小旺的身体，用她那丰满的酥胸贴蹭着他……

小旺有气无力地说："我累了要休息。"

她不说话也没有停止动作。小旺见她如饥似渴的娇样儿，只好迎合了她……

她娇滴滴地说："老公，我想要个儿子。"

小旺说："以前让你要，你不要，说什么要保持身材，怕什么乳房下垂，奶水都没给思思喂一口。怎么现在又想起要孩子了。"

她说："我看你那么喜欢儿子，所以就想要。"

小旺说："算了，咱们有个女儿，小波留个儿子正好。王妮将来要是嫁了别人，儿子不就是咱们的，你省得十月怀胎受罪啦。"

李梅听了小旺的话，心里一阵喜悦，她偎在小旺怀里想：老公没变，对王妮只是觉得愧疚才对她好的。我以后对老公要加倍地好，生不生儿子顺其自然，反正，我也不是真想生儿子。转而又想，那要是王妮不嫁出去可怎么办呢？ 她要是缠着我老公，把他缠到她的怀里怎么办？ 不行，我要生，哪怕身材变形也罢，为保住我的地位我的家也要生。

小溪已经看出大嫂和二嫂为争夺大哥明争暗斗，争大哥就是争地位，争地位就是争金钱，这么争来争去，迟早大哥会败在这两个女人身上。大哥怎么就不明白呢？ 唉！ 让他们闹去吧，凭他们将这骗来的财富折腾光，一切都来得太容易了。回王村待几天，免得他们见我不顺眼，我见他们烦得慌。唉！ 这个家现在谁都顾不得谁啦。

当小溪在城里待得郁闷时，就会回王村老宅子看看，和晓华聊聊天。

晓华给小溪汇报完情报后，剩下的话题就只剩下李莽了。小溪一边听晓华唠叨她和李莽的事，一边看着晓华利用业余时间喂养的几只羊，它们吃饱肚子静静地卧在圈里安然地休息，好舒适好惬意。

她暗想：疯羊会是什么状态呢？ 它会不会突然跳出羊圈来咬人呢？ 如果它咬人会是什么情形？ 疯羊？ 我是疯人吗？ 它们都是疯羊吗？

晓华在一旁说，李莽整天在外面赌钱很少回家，但有时赢了钱回家后，就给我扔几张，还说我想买啥买啥。

小溪又见她家的鸡窝里两只公鸡斗架，眼睛睁得溜圆，脖颈的羽毛全炸了起来，翅膀抖动着，尾巴翘得老高，打斗起来不停地转换位置，不一会儿鸡冠上都挂了彩。其他的鸡在一旁不停地咯咯为各自的偶像助威。

小溪想，难道鸡窝里称王也要拼个你死我活吗？

晓华说，李莽要是输了钱回来，我不但要受皮肉之苦，而且要受李莽百般虐待，李莽每一次都要换一个美女明星手帕盖在我脸上干那事，嘴里还重复那些脏话粗话来骂我……事后，李莽拿走我每月辛辛苦苦积攒的钱又去赌。

晓华说那些话时，她那微微涨红的脸上似乎没有不高兴，小溪窥出她有一种说不出的愉悦暗藏在心里。虽然李莽每次回来都要打她，虐待她，完事拿走所有钱，可是她还是喜欢他回来。她认为他是她的男人，他怎么样对她他都是她的男人，她需要他，并且喜欢他回家来。

晓华看着小溪难以理解的目光，脸通红地说："你不懂。"

小溪说："啊哦，我是傻子谁不知道。"

晓华沉默了。转身拿鸡食向鸡窝一撒，斗架的鸡也停止战斗，都来抢食吃。

小溪感觉晓华对她的日子很满足，也没说什么。

小溪认为这是晓华自己的事，只要她觉得不错，旁人——谁又能管得着呢。

晓华见小溪不言语，放下鸡食神秘地对小溪耳语道："李莽说，他的赌友好几个都是村上的干部，他们说李莽虽然坐过监狱，但讲义气，说只要他好好进步，有上进心，没准给他个村组长什么干干也有可能。"

"什么意思？"小溪不明白。

"你不是外人，告诉你也无妨，"晓华压低声音说，"你别看李莽整天在外面赌，他有时在大场面赌赢了钱，回来后就和咱村的几个干部打麻将，故意输给他们，连我攒的钱都拿了去，就是为了输给他们，说是弄个一官半职。你说李莽那样没文化有前科的人，什么时候长心眼也想进步了？"

"那也叫进步？ 你们不愧是在一个锅里搅勺子，嫁狗随狗。"小溪蔑视她说。

"小溪，你说他这样兴许是好事，他要是继续那样赌下去，我这以后的日子可怎么过呀？ 房子什么时候才能盖起来呀？ 有了孩子怎么办呀？ 他要是弄个村组长什么当一当，好赖他也是个人物，兴许就改了呢。"

"那你家李莽岂不像'张学良戒大烟'真成了人物了。"小溪讽刺地说。

"好了，你别刺我了，你说我有什么办法。"晓华说。

"我连我家的事都理不清，更何况这天底下——王村——你家的人要当村干部这么大的事，"小溪话锋一转埋怨说，"我怎么每次回来，你家的事都塞满我的脑壳，要炸了，能不能说点儿别的，真烦！ 我是回来清静的，不是来听你谈你家李莽的。"

晓华埋怨小溪，说变脸就变脸，像天公似的。

小溪觉得这次回家一点儿都不愉快，李莽等人也能混出个角儿？ 还有大哥的事自己还没有想出好的解决办法。她觉得大脑混乱得很。

小溪回到城里，她认为自己现在跻身的家不是自己的，那是大哥的家。姐姐也有自己的家。父亲母亲把家带走了。在这个世界上，她觉得自己真正意义的家没有了，王村老家只是一个空壳子。大哥曾多次提起要给她成家的事，都被她拒绝了。她不要成家，哥哥姐姐都说她疯了，哪个女人不成家能行呢。

小溪说他们疯了。她认为自己是极其正常的。人的生活方式各不相同，何必将自己的意愿强加于别人呢？我愿意怎么生活那是我的事，我怎么就疯了呢？

小溪觉得这家里的人，除了侄女——思思，小侄子——明明，她对他们心存希望之外，其余的人，连自己在内都是一团混沌的不明物，大家都不知道自己是个什么？ 为什么而来？ 到哪里去？

8

思思已经上幼儿园了，小溪平常一有空就去看看明明，她觉得和婴孩在一起，自己也变得纯净，自己也像个孩子似的天真无邪，咿咿呀呀就像说鸟语似的特快乐。

她走到王妮的楼下，一眼就看见大哥的轿车，她知道大哥经常来二嫂这里，因此，她在楼下踌躇片刻，是上去还是不上去，她真不知该怎么决定。

然而，她的脚却莫名其妙地登上台阶，她走得很慢，随时都可能停下后转。但她却鬼使神差地走到了王妮家，在门前她又徘徊片刻，转身想走，突然仿佛听见大哥和二嫂的嬉闹声。她想，不会呀，这门隔音特别好的，怎么会传出声音呢？

她仔细瞧瞧，原来是防盗门没关好，里面那道门也没关上。她埋怨他们粗心，试图关上防盗门一走了之。

犹豫间，房子里又飘出呜咽声，小溪好奇，就迈着步子进去了。她竟也忘了关门，顺哭声走到王妮的卧室门前，只听大哥正在安慰王妮说："你就放心，我会照顾好你和明明，你担心什么呢？"

"你毕竟不是小波，她走了一年多了，可我……我是个女人，活生生的人啊……我，我渴……"

"我这就给你倒水去。"小旺起身去拿杯子倒水。

"小旺，你装傻呀，你知道我需要什么。"王妮又哭起来。

"好了，你就别哭了，我最怕女人哭。"小旺说着低下了头。

王妮再也控制不住身体的寂寞，扑到小旺怀里说："小旺我需要你，你真的感受不到我是多么的需要你。"王妮对肉体的企盼点燃了小旺，小旺身体里一股异样的激情突突地蹦跳起来势不可挡……

小溪站在那里，脸上一阵灼热一阵煞白，她真不知如何是好。忽然间，她似乎听见了燕子的哭声，燕子的求救声，她突然感觉头被人用砖头猛击了几下，疼急了，不一会儿脑子里一片空白，就像电脑突然死机，什么也没有了。

她"啊"一声，面无表情、目光呆滞、神情恍惚地跑了出去。

恰在此时，刘嫂回来了。"小溪，你怎么了？ 怎么了？"刘嫂追着喊了几声。

小溪似乎没听见，跑下楼去。

刘嫂嘟囔说："这孩子，又受什么刺激了？ 很久没犯病了，这是怎么了？"

刘嫂自言自语进屋，小旺和王妮匆忙跑出来。

刘嫂问他们："这小溪怎么傻呆呆地跑走了？"

小旺羞愧地看了王妮一眼。

王妮迅速镇静下来，生气地问刘嫂："你出去的时候没关门吗？"

刘嫂回答："我出去的时候，小旺刚进来，我想着他关门来着。"

小旺急忙说："可能弄岔了，没事了，刘嫂你忙你的去。"

刘嫂答应着走进厨房。

王妮说："这是小溪，万一要是小偷或别的什么人……"

小旺说："算了算了，我得赶紧看看小溪去，别出什么事。我走了。"说着急忙奔出去追小溪。

小旺开着车看见小溪在人行道上旁若无人地大步走着，脸就像一张白纸，隐约听得见她自言自语，说什么回家，回家，我要回家……

小溪所说的家，小旺想应该是王村老家。

小溪乘上5路车，公交车司机让她投币，她说没有钱，于是被司机轰了下来。

她转身下车，向路边的行人讨要："给我一块钱，我要回家。"

路人用疑惑的目光盯着她摇摇头说："没有。"

她又向另一个行人讨要："给我一块钱，我要回家。"

那人从头到脚审视她后，自言自语说："不像啊，这么漂亮个丫头。"然后那人问她："你家住哪儿？"

"那儿（她手指天上）。"

"父母在哪儿？"

"那儿（她手指天上）。"

"家里有什么人？"

"那儿，给我一块钱，我要回家。"

那人又说："还真是脑子有问题，可惜了。"

那人准备掏钱给小溪，这时，小旺停好车跑过来一把将那人推开，那人气愤地打量了他一下说："知道人有病不看好。"然后瞪他一眼甩袖而去。

小旺拉着小溪快步走出围观者的视线，把她塞进车里拉回家。

到家后，小旺命令李梅寸步不离照顾小溪，他去接医生。

医生问小旺："怎么回事？ 受什么刺激了？"

小旺说："我也不清楚。当时看见小溪在大街上向别人讨钱。"

医生见小溪已经安静了许多。检查之后说："可能是受了什么刺激，不过没有大碍，吃点儿药休息休息就会好的。"

小旺急忙问："她恢复后会不会想起之前的事？"

医生说："她这种情况一般不会，好了就好了。好了可能也记不清什么，以前不是有过这样的现象，怎么忘了？"

小旺脸微红着说："她好久不发病了，真忘了。"

送走医生，小旺让小溪喝完药，然后对李梅说："你忙你的去，小溪我来照顾。"

李梅觉得奇怪，就问："你今天紧张什么，难道小溪是受你刺激了。"

李梅紧盯着他，他不敢和她对视，还要装出十分生气的样子痛责李梅自私，冷落他的妹妹，才会导致今天这样。

李梅争辩道："你是她哥哥，你关心的只是你的弟媳妇和你儿子。也许，你最清楚她怎么犯病的。"

小旺一脸通红辩驳道："你胡说八道。"

"我胡说八道，你脸红什么？ 是不是小溪犯病和你有关？"李梅说到此，小溪忽然坐起来说："大哥，二嫂……你们……我要回家……燕子，别哭，我来了……"

小旺的心一下子揪在了一起，恐怕小溪道出实情，李梅那如烈火般的性格燃烧起来可不得了啊。

他急忙让小溪躺下，说："咱们已经回家了，回家了。"小溪一躺下又睡了过去。

李梅心里更生疑惑，她心想，等小溪清醒后我再问也不迟，先搁着。

真巧，王妮正好打电话给小旺，问小溪情况怎么样。其实，王妮是想打探李梅是否知道她与小旺之间的事。她巴不得李梅马上就知道她与小旺之间的亲密关系，看李梅会怎么发疯。但是，小旺了解李梅的脾气，她可是一团火，她要是知道他们真的有事，还不知会闹成什么样子，先瞒着，想方设法瞒着。他假装镇静地告诉王妮说："小溪好多了，医生开的药吃了以后就睡了。"

王妮根据小旺说话的语气判断，一定是李梅在旁边。于是，王妮就有意问："小溪说什么没有？ 她有没有把咱……"小旺赶紧打断她，说："回头再打给你。"就将电话挂了。

李梅想，看小旺闪烁其词的样子，加之刚才小溪喊大哥二嫂的样子，虽然有些疯癫，这其中一定是发生了什么不该发生的事情，我再吵闹，又没有什么把柄，怎么办？ 我现在还不能把小旺惹急了，我得稳着点，男人和女人之间如果有了那档子事，那是瞒不过人的，我李梅再没有智慧也不是傻子。哼！我宁可让玉碎，也不让瓦全。

小旺在李梅面前尽量表现出若无其事的样子，可他越是这样，李梅越是觉得他做了亏心事。她突然想起跟女人们在一起聊时，得到的一个测量男人的俗方子，心中有了数，然后对小旺说："你先照顾着小溪，我还有事。"说着就离开了小溪的房间。

小溪安静地睡熟了。小旺坐在妹妹的床边哀叹一声，轻声自责道：我怎么就没有控制住自己？ 我这是怎么了？ 和李梅结婚这几年，我没沾过别的女人，我怎么会和自己的弟媳妇……我怎么对得起小波，若他地下有知，我怎么向他交代？ 是别的女人倒罢了，怎么偏偏是小波的遗孀。

他又仔细地回忆了一遍事情发生的经过，他似乎是告诉自己也是在告诉小波说："是王妮主动的，她说自己守活寡……可是怎么就是我，我是你大哥，我答应你好好照顾他们，决不让他们受一点儿委屈，自从有了明明，我把他当亲生的，当自己的儿子，我经常去看他，王妮让孩子叫我爸爸，我答应了。我对王妮没任何想法，可是我今天中了什么邪呀？ 小波啊，是大哥对不起你，可我看王妮实在可怜，她说她是个活生生的人，她要求我，那种热烈，那种柔情……我没抵挡得住，我是混蛋！ 我为什么就没控制住自己呢？ 我昏了头，竟忘记她是你的妻子啊！ 我怎么做出这种混蛋事……还使小溪犯了病……”他不停地自责，想不明白自己。

正在熟睡中的小溪，像一个婴儿似的，突然发出一串笑声，终止了小旺的自责。他急忙到小溪床边，看着梦中的小溪脸上挂着甜甜的微笑，小旺也欣慰地笑了。他猜妹妹一定是做了好梦，他给妹妹盖好被子，满腹心事地离开妹妹的卧室，他无法预见等待他的是什么。

小溪在梦里四处找家，在找家的路上她迷了路，她逢人就要求别人帮助，可那些人全都摇着脑袋表示帮不了她，她继续寻找回家的路，可是她的脚就像被什么绊着似的就是迈不动。天色暗了下来，她还找不到回家的路，她急得想哭，可是哭不出声来；她想喊，然而嗓子好像被什么堵上了。倏然，一束月光宛如聚光灯似的照亮了她，她举目望去，又是那个金光闪闪的旋涡，慢慢地变成了她朝思暮想的王子，轻盈地降临在她的身边，他伸出双手，目光期待地向她微笑着，当她的双手刚刚接触到王子的双手时，她的身体轻轻一抖，宛若动画片中的灰姑娘一下子变成了白雪公主，她和他并肩轻盈地缓缓飞升，整个天空变得通明透亮。

她说：“太美了！”

她的王子只是望着她笑着。

“你要带我去哪里？”她问。

“你不是要回家吗？”他说。

“是的，我找不到家了。”她说。

“我带你回家，”他说，“你看！”小溪顺他手指的方向看去，哇！ 简直不敢相信自己的眼睛，那是个美丽的村庄，村庄的上空飘荡着薄薄的烟雾，时而还可以听到家禽的叫声和狗吠声。村庄里的人们就像生活在仙境，幸福而宁静，自由而和谐。

“太美了！ 这是我的家吗？”

“这就是你要找而没有找到的家园。”

她的双脚踏实地踩在一片土地上，她撒开王子的手奔跑起来，她一边跑一边喊：“我找到家了！我找到家了！”

她俯身抓起一把把黄土抛向空中，任土末子落在自己的头上、脸上、身上，她贪婪地吸吮黄土中散发着的香甜而古老的味道……

她看了一眼王子，天真而快乐地笑着笑着……

9

李梅胸有成竹地在卧房等着小旺。虽然是春天，屋里还是有寒气，她打开空调，不一会儿房间温暖了许多。她有意不躺进被里，她要以自己的方式测试小旺，如果他做了亏心事，她今晚再风情，他也不会感兴趣，若是这样的话，她决不会饶了王妮，等着瞧。她想了一千条一万条捍卫自己地位和财产的做法，有些甚至很恶毒。她对自己说：只要王妮不逼怒我，我是不会使恶招的。别逼我，你们都别逼我。

小旺从小溪房间出来，走到自己卧室门口，踌躇片刻，小心地推开门，见李梅还没睡，话也懒得说，倒在床上就想睡。李梅见状，开始实施自己的招数……可今天李梅怎么用心，小旺就是不动情。

小旺哪里有心情，他感觉小波的魂灵随时都要惩罚他，他对不起小波。他和王妮做爱的情景反复地浮现在眼前，好像小波一直盯着他们，他在怒骂他们，用鞭子抽打他们，骂他们是一对不知耻的狗男女。小溪醒后也会骂他们道德沦丧。他不能为自己的激情狡辩，他搞不清自己到底是对还是错，乱七八糟搅得他的灵魂不得安宁。

李梅愈逗他，他的身体蜷缩得愈厉害……李梅想，那俗方子还真灵。她的试验有了结果，那就是：小旺和王妮说不清了。

她决定：我不逼问你们，也不和你们闹，我要让王妮生不如死……

翌日一早，小珊得知小溪犯了老病，一大早就来看小溪。李梅正在做早餐，小珊惊奇地说："太阳打西边出来了，起来这么早给我大哥做早点?"

李梅说："不敢偷懒，怕你大哥甩了我娶了别人。"她有意扬高嗓门让小旺听见。

小旺正在卫生间洗漱，听见李梅话中有话，也只能保持沉默。洗漱完毕，他穿好衣服拎起包走到小珊跟前说："小溪还没醒，今天公司要开会我先走了，你好好照看小溪，随时给我电话。"

李梅拿腔拿调地说："吃了早点，再走不迟。"

他有气无力地回答："不想吃。"头也不回地走了。

李梅说："小珊你看看，我这是热脸蹭人家的冷屁股。你瞧见了，你哥对我这态度，昨天不知做了什么亏心事，惹得小溪犯了毛病，小溪在梦里都喊着大哥、二嫂子，还不停地说回家。昨天还在大街上逢人就要一块钱，这次受的刺激可不小。小珊哪，你说你大哥和王妮是不是干了什么让小溪给撞见了？"

小珊听李梅阴阳怪气的，疑惑不解地问："你说什么呢？"

李梅接着说："小珊呀，大嫂不瞒你说，王妮自从有了明明以后，我看对你大哥就没安好心，她要是想和我争，你传个话，就说我李梅奉陪到底。"

小珊一边听大嫂唠叨一边寻思，王妮对大哥的关心胜过李梅，她比李梅会体贴人，难道她对大哥的好是别有用心？ 大哥对她的关照是出于对小波的歉疚，王妮和小波感情那么好，不会和大哥有……想到这里，她对李梅说："大哥不会的，王妮和小波感情那么好，哪会一下子就把小波给忘了。"

"别以为她是贞节牌坊，没准早不贞节了，她凭什么对你大哥没有分寸地那么好？这些都盖不过我的眼，我看她全是成心的。你不知道我在她面前受过多少委屈。"说着李梅眼泪掉了下来。小珊安慰她，她全然不顾，继续道："不就生儿子了吗，你大哥喜欢儿子，我也能生一个。"

小珊说："好了好了，你想生就生呗，记住感情是要用心经营的。我上楼去看小溪。"

李梅嘴里重复着："'用心'，难道我对你大哥没有用心吗?"她坐在餐桌的椅子上呆呆地想着，是的，我得用心。

由于小旺昨晚失眠，他精神萎靡地走进办公室，秘书告诉他有人等他，他想，谁会这么早呢?

推门一看，王妮安然自在地坐在他的椅子上。他盯着她，目光在王妮的脸上大约停留了20秒，脑子快速地想：这个女人怎么若无其事的样子，好像什么事也没发生过，她这么镇静自若，难道……

"你怎么这么看着我，不认识？"王妮问。

"哦！ 你怎么这么早？"说着坐在对面的沙发上。

"想你了呗，你昨晚没睡好吧?"

"昨天是我不好，我……我对不起你和小波。"

"小旺，你别这么想，"王妮慢慢地说，"要说对不起，是我该说对不起，我对不起小波。但是……"王妮起身走到小旺的身边坐下接着说："但是，小波已经走了一年多了，我还这么年轻，我就该守着死人过一辈子吗?就是我不和你，也会和别的男人在一起，昨天难道你不快乐吗？ 再说，明明是你们王家的后代，有谁能比你对他更好呢？ 我可以嫁人，可是明明可怜。他叫你爸爸，你忍心我带他嫁给别人吗？ 我相信，就是小波地下有知也不会怪我们的，决不会怪我们的。"

王妮后边几句话触动了小旺，他想，是啊，王妮说得有道理，就算为了明明，我又何必那样自责，像我这样的人，哪个没有几个情人；更何况，明明和王妮，我应该承担起对他们的责任和义务，王妮没有错。她说得对，明明和她都是我们王家人，只是……只是觉得有些委屈她。小旺想到此，轻轻地将王妮搂在怀里说："这样你会不会觉得委屈？"

“只要李梅不找我事，我怎么都行。”她温柔地说。

“不过，我们在李梅面前言行要注意的，别惹恼了她。她可不像你这么有教养，说话就像小溪流淌，她发起威来就像河东狮吼。”

王妮心里发出恶狠狠的声音，她不会再有怒吼的机会，等着瞧。嘴里却吐露出柔情蜜意，她让小旺放心，她不会和她一般见识。

王妮要求马上回来上班。小旺体贴她，让她多休息些日子。她却说她不想再休息。百天都过了，孩子有刘嫂精心照顾，她又不用给孩子喂奶。她上班是为了和小旺天天在一起，上班一起来，下班一起回家看儿子……三言两语说得小旺没什么可说，只好答应她继续管理公司财务。

王妮高兴地吻着小旺，娇声地说了声：“谢谢！ 你真好。”

小珊轻轻地来到小溪房间，推开门，发现小溪靠在床头甜甜地傻笑，见小珊进来还有些不好意思。小珊说：“呦！ 高兴什么呢，能不能告诉姐姐，和你一起高兴高兴。”

“没什么，就是做了一个梦，在梦里，我找到自己家了。”

“这儿不是你的家吗？”

“是大哥家。”

“小溪是大姑娘了，是该有家了。”小溪被小珊说红了脸。小珊借机又问：“小溪，告诉姐姐你昨天都干什么了？”

“我没干什么。我要回家，大哥就把我拉回来了。”

“没看见什么？”

“没有。”小溪使劲儿地摇头。

这时，李梅走进来，小心地问：“小溪，大嫂昨晚听你在梦里喊你大哥和二嫂，他们在干什么呢？ 你那么大声地喊他俩。”

“梦里？ 我没梦见他们。”

李梅说：“你再想想。”

小溪摇头说："想不起来。"

小珊不让李梅逼问小溪，说："她刚醒，让她清静会儿。"

李梅失望地走出房间自言自语道："有些事还得自己亲自解决。"

小珊问她："什么事啊？"李梅没有回答。

小珊正要打电话告诉小旺小溪的情况，小旺却打过来了。

小珊告诉他："小溪一点儿事没有，好好的。"

小溪插嘴说："我本来就好好的。"

小旺问："小溪没有说昨天的事？"

小珊说："就说她要回家，没有钱，你把她拽回家了。到底昨天……"

小旺打断小珊说："没什么，你好好照顾小溪就是了。"

电话挂断了。

小溪对小珊说："姐，我没事，你去上班吧。我就是想回王村老家看看，你也知道，我在城里待郁闷了就想回王村去，我真的没事，你就上班去吧。"

小珊说："你真的没事？"

"我真的没事，我看你才有事呢，瞎唠叨。我一会儿起床就回王村，你别管我行吗，我烦你管我。"

听小溪这么说，小珊也只好上班去了。临走时，小珊嘱咐她小心点儿，有什么事给她打电话。小珊走了，小溪急急忙忙起床收拾了几件衣服，她告诉李梅，让李梅转告小旺，她要回王村老家，让他们不要担心她。她想回来的时候自然会回来的。

她乘了出租车，快进村子时，她又让司机载着她绕村子周围转一转，说她要找什么东西，她在车里东张西望而且还自言自语："和梦中的家似像非像；有河来着，有池塘，树林子不见了，怎么什么都变了，只有一样没变，黄土，它还是那个色，散发着泥土的芳香。"

司机开车绕村庄转一圈后问："小姐，你在这儿到底要找啥呀？"

她说："我的家，我的家。"

司机说：“那进村子吗？”

她说：“你把我拉到那边田野就是了。”说着手一指。

司机不解地看了她一眼，又摇摇头，只好把她拉到田埂边。她下车后说了声谢谢，就奔向田野。

司机喊道：“你还没给钱！”

她匆匆回来付过钱，立即朝田野里奔去。

司机关好车门自语道：“今天真遇上疯子了，神经病一个。”他一脚轰油门飞也似的向城里驰去，尘土像烟雾似的在半空中飞扬。

小溪将背包抛向半空，背包重重地落在田野里。她脑海里一片空白，她奔跑呐喊：“我回来了，家，我回来了！我思念的，我热爱的家，黄土，哈哈哈哈……”

她抓起一把又一把黄土，抛向天空，她贪婪地想要把这黄土的气息吸入身体里的每个角落，她要把这种气味永远储存在身体里，让它流淌在血液里。她在田野里打着滚儿，不一会儿，她一身乳白的运动衣成了土色。她的头发，她的脸都成了黄土的颜色，她任黄土漂染自己的全身，任激动的泪水在脸上流淌成一条条小溪。她趴下，她躺下，她深深地呼吸。啊！我的家园，我爱你！原来我是这么的离不开你，你牵着我的心，我的魂，我哪儿都不去了，我要永远和你在一起。她眼望着天空感叹道：“蓝天白云多美啊！绿色的田野多美啊！我要融入你的怀抱，化作泥土溢出芬芳，变成一颗绿色的嫩芽。大地啊！你就是我的温床，我要在这里栖息，在你温暖的怀抱里栖息……”

小溪惬意地躺在田间，太阳像一床柔软的棉被暖暖地盖满她的全身，她双目微闭，蒙蒙眬眬，恍然入睡。

有村民看见正在发疯的小溪，想着她肯定又犯病了，也没搭理她，可又怕她在地里躺久了有什么意外，就去告诉小溪的伙伴——丑女晓华，晓华出了药厂，急忙跑到村外的田地里，捡起背包匆匆走到小溪跟前，俯下身摇晃着叫着：“小溪，你醒醒，快醒醒呵，瞧你怎么弄成这个样儿啦，醒醒吧，我的土美人！”

小溪听见有人呼唤她，慢慢地睁开眼睛。

晓华见她黄土染成的脸上一双黑亮的眼珠子，忍不住笑着说：“你要不睁开眼睛，真把你当成黄土拉走了，瞧你怎么弄成这样？”

小溪浅浅地一笑，没有作答。

晓华知道她的脾气，她也不再问她，两人在田间坐了一会儿才回到村里。

回到家，晓华让她换下衣服，洗头洗脸洗脚之后，晓华要帮她洗刚换下的衣服，小溪阻止道：“别洗，我不洗，我喜欢那土味儿。”说着用一条丝巾将那身沾满黄土的运动衣叠好包起来，像宝贝似的放在枕边。

晓华纳闷地看着她的举动，笑她说：“黄土里长大的还喜爱黄土个啥。”

小溪天天要和晓华去田野转悠一圈，然后时时去父母的坟冢看看。当阳光洒满她家的小院时，她就搬出父亲曾经喜爱的竹躺椅，铺上软垫，沐浴在阳光下，静静地享受这天赐的温暖。

晓华一有空闲就搬个小凳织着毛衣在一旁陪着她，晓华的话题永远离不开李莽。

她说：“小溪，你这次回来怎么不愿意讲话呢？ 你不说，我也不想问原因，可我有件事一直憋着想告诉你。”

小溪看了她一眼，问：“是不是搞到我大哥的把柄了？”

“对了，你不说我都忘了，你等着，我回去拿。”

不一会儿，晓华拿了几个纸包回来，打开后里面是几种药的样品。晓华说：“这是我好不容易才弄到的，听他们说，都是假药，都进了各大医院了。但他们都说不会危及人的生命。”

小溪说：“不会危及生命，假药吃了没效果，延误治疗不就等于害命吗？”说着她将药包好，收好后对晓华说：“我一定要揭发他们，将这些假药交给有关方面检验，阻止他们生产。”

晓华说：“你可想好了，那可是你大哥。”

小溪冷漠而坚定地说：“他这是害人造孽！ 不行，我现在就回城里揭发他们。”

10

没过多少日子，小旺接到停业检查的通知，小旺和王妮都感到莫名其妙，待有关方面将罪状和证据都摆在他们面前时，他们傻眼了。有关方面派专人在厂里清查所有药品，小旺只好停止所有工作，全体放假。

王妮问他：“得罪谁啦？ 人家在背后这样捅一刀。”

小旺想来想去说：“没有得罪任何人啊，是谁这么缺德？”

王妮急忙说：“现在先别想是谁了，最要紧的是先补漏子。这回，你可要花大钱了。”

10 多天，王妮都很少见小旺……李梅和王妮将各自的嫉恨都搁在一边，她们都担心小旺，都怕小旺出事。

半个月后，小旺不但没事还恢复了生产。这可是小旺花了大价钱换回来的。他还买回了那份揭发信和那些药品检验单。

小溪正在纳闷，怎么又恢复生产了？

晓华怕极了。

小溪说：“我不会出卖你的。”

晓华想：不用你出卖，谁想都会想到我。虽然药厂恢复了生产，我也不敢去上班了。

小旺拿着揭发信和那些检验单来到小溪房间，他将那些东西往桌上一扔严厉地问：“这是你干的吗？ 我最疼爱的妹妹，你差点儿让我倒闭，送我坐牢啊你！”

小溪坚定地说：“那是你自找的。”

“我倒霉了对你有什么好？”

“你这样造孽我情愿你倒霉。”

“我造啥孽了，我又没杀人。”

“你比杀人还造孽。”

“说你傻，你还真痴到家啦。”小旺气得没办法。这时王妮和李梅都进来了，都气呼呼地盯着小溪，几乎异口同声地说：“说你傻你咋就这么傻呢？窝里造反，你哥真是白养活你了。”

小溪平静地宣告：“我以后不用你们养活，请你们都出去。”

“你请谁出去？ 这儿是我的家。”李梅说。

小溪收拾东西就要走。小旺对李梅厉声说：“给我锁上门，看着她，哪儿也不许她去。”

李梅眼睁睁地看着王妮和小旺一起出去，对王妮的嫉恨又涌上心头，她心里诅咒道：还不如让你们都去坐牢。

小珊知道了小溪所为，也来埋怨小溪。

小溪说：“你们都是助纣为虐。我这样干，是为完成父亲的遗愿，是正义之举！”

“你别拿爸做挡箭牌，我看你是不把家搞散你不甘心啊你。”

“这个家早就散了，难道你就看不出来？”

“好了，我和你也没什么好说的。你就老实待在家里吧。”小珊出去也将小溪锁在屋里。

“放我出去，我还要继续揭发，直到他们不再害人为止。”小溪喊道。

“那你就永远待在里面别想出来。”小珊冷酷地说。

小旺和王妮依然火热地继续他们的事业，燃烧他们的爱情。

李梅挖空心思地寻找机会报复他们，她要以自己的方式捍卫属于自己的世界。

小溪被视为犯病了，被关在房间里不能见天日。李梅想起来给她弄点儿吃的，送进房间又锁上门，幸亏她那间卧室有卫生间。小溪知道，自己别想再走出这屋，她也只好在里面想哭就哭，想喊就喊，反正没人理她，什么哥哥姐姐全没人味儿。

小溪笑着喊着：“我是疯子，我是傻子。这世界都是疯子，都是傻子，是精明的疯子，精明的傻子……哈哈哈……哈哈哈哈……”

一天，晓华来看小溪，一个在屋外面，一个在屋里面。

晓华说：“你这是何苦呢，那样做了，什么也改变不了。你看，人家该怎么活着还怎么活着，地球该怎么转还怎么转，就连我们李莽那样的人都当上了村干部，你知道不？”

小溪哈哈哈大笑起来。

晓华说：“你别那么笑。你从来也没嫌我长得丑，我从来都不觉得你傻。小溪，我跟你说哦，现在李莽当上了村干部，他更不把我放在眼里，村上的人也依然没把我放在眼里，照样没人正眼瞧我，我还照样是被人踩在脚下的那个丑女人！ 小溪你说，我该怎么活才好呀？”

门外是晓华的哭声。

屋里是小溪哈哈哈的笑声。

晓华接住说：“我还没说完，小溪，你知道吗，李莽有了新人了，不要我了，连美人图手帕也不给我脸上盖了，他要盖房子娶新人了，我被撵出来了，我不知道该怎么办？ 我该去哪里呀小溪，你说话呀。”

小溪在里面突然哭起来，伤心地哭起来。

晓华在外面哭得更伤心。

哭声填满了那座大而漂亮的房子。

11

没过多久，李梅突然被公安局带走了。因为王妮和小旺的事被李梅跟踪，李梅发现他们确实有奸情，就和王妮厮打起来，王妮吃了亏，脸被李梅抓得稀烂，小旺出手打了李梅，干脆也不回家。李梅求他，他不但不原谅她，还说她没有教养，带不好女儿思思，小旺干脆把思思也接到了王妮家。王妮虽然受了皮肉之苦，可真正得到了小旺的心，她更是得意。两个孩子交给刘嫂照顾，她整天不离小旺左右，公司上上下下都在议论，王妮要取代李梅的位置。

李梅哪能甘心，她使出最后的撒手锏——对明明下毒手。李梅溜到王妮家，趁刘嫂不注意，给明明奶粉里下了鼠药，由于药量大，孩子太小，没抢救过来就死了。

小溪听说此事后哈哈大笑："明明走了好，另一个世界也许比这儿好。这个家散了好，死了的好，散了好……哈哈哈……"小溪胡乱说着。

这个家乱得再也没人顾得上小溪，她终于自由了。

她又回到王村老宅，那天正是一个月圆之夜，她卧在躺椅上，明月的清辉洒向大地，她被笼罩其中，陷入一片宁静之中……

晓华来敲门，她全然不知。

她在宁静中，仿佛看见了日思夜想的白马王子，他轻轻地来到她的身边，伸出双手，向她微笑着，他们相拥在一起，轻盈地缓缓飞升，天空明亮极了，美极了！

她来到了那个美丽的村庄，小河两岸，蝴蝶、蜻蜓，还有不知名的昆虫飞来飞去；池塘如明镜一般，嫩绿的水草轻轻摇曳；小蝌蚪、小鱼自由自在地嬉戏；青蛙、河蛙、旱蛙争相鸣叫，好不热闹；田野里，不时有兔子、黄鼠狼、田鼠、刺猬蹿来蹿去；树林里，喷吐着大量的氧气，小鸟愉快地演奏着它们的交响；村庄的四周在小溪的脑海里延伸下去，眼前一片片绿油油的庄稼，村庄的上空飘荡着薄薄的青烟，时而还可以听到牲畜的叫声。村庄里的人们就像生活在仙境，幸福而宁静，自由而和谐。

太美了！ 这就是我的家园！ 她的双脚踏在这片土地上，她快乐地奔跑起来，她一边跑一边笑，一边笑一边喊："家，我爱你！ 我回来了，我回来了，再也不走了。”她俯身抓起一把又一把黄土笑着喊着……喊着笑着：“……我再也不和你分开，永远不分开……”

翌日清晨，晓华很早就来找小溪，那个躺椅还在院子中央，家里静极了。她喊了几声，没有回应，以为小溪又回城了。心里还埋怨小溪粗心，怎么走了连门都不锁，就帮她锁好门回家去了。

过了几天，小珊来找小溪，大家才知道，小溪和那身被黄土漂染的运动衣一起丢了。他们四处找遍了，却一直没有小溪的下落。

……

晓华很孤独，她没事就坐在田耕畔，仿佛在等待着什么，不知不觉中她的眼睛明亮了起来，她看见了小溪，穿着运动衣在田野里奔跑、嬉笑，笑着，笑着，突然，小溪倒下了，不见了……

不一会儿，那片黄土地上开满了黄灿灿的迎春花……

2007 年 11 月 19 日一稿

2008 年 9 月 19 日二稿

南燕之死

1

我之所以选择死亡，是因为我有罪，我罪该万死，死有应得。

我要带着我的罪恶、悔恨，离开这个纷乱复杂的世界。我真悔，悔不该和甄世勇陷入欲望的深渊，金钱、肉欲、享乐，我一步一步滑向毁灭的边缘。这银行好像是我俩开的，我们利用职权贪污、受贿，花天酒地、为所欲为。我们所追求的、所信仰的就是金钱以及物质享受。什么报应，什么正道，什么美好的理想，全不在我的人生观里，我的信仰就是钱！钱！钱！钱啊，你让我爱，更让我恨，是你这个让我欢心的家伙把我引向今天，而今天，我将毁灭，这就是我南燕逃不掉的结局。

小溪，记得你曾告诫我，这样下去会出事的。可我，真是晕了头，哪能听得进去好言劝告。事发了，讲什么感情，什么情人，什么你侬我侬，全是假的。他推得多干净啊！检察院的同志对我说："政府有政策，坦白从宽，甄行长已经交代了全部事实，希望南副行长也能积极配合，你还有女儿在家期盼着你……"提到女儿，好像她那双清亮的眼睛直盯着我，在逼问我："妈妈，您是不是干了坏事？ 您是一个丑陋的妈妈，不称职的妈妈……”是女儿那纯净的眼神在迫使我，我对检察院的同志说：“我好好想想。”

我被放了回来，等待随时调查。回到家，女儿问我：“妈妈，他们说的不是真的，妈妈您不是那样的人。”望着她的眼睛，我没有回答。她摇着我的臂膀哭喊着：“您回答我，那不是真的，不是真的……”我能说什么？在女儿面前承认自己有罪，而且罪孽深重？我不能。我只能告诉她，我对不起她。她伤心地甩门而去。我丈夫是一个沉默寡言、三棒槌都打不出个屁来的好人，我做什么事从不和他商量。他只是告诫我，做人要讲原则，要有良知。我说，我怎么做人，还需要你来教我吗！ 在我三番五次被检察院提审时，我丈夫只是哀叹，他怎么会知道我犯罪的实质，他也许想到问题的严重性，但他又能为我做什么呢？ 一个工厂的普通工人，他只会叹息。而甄世勇的老婆，在检察院提审她丈夫的同时，已经开始帮她的丈夫上上下下打点，奔跑。他老婆是某区人事局局长，神通广大，人们都知道她有后台。

那么谁来替我申冤呢？ 我出身于一个工人家庭，父亲退休，母亲下岗。母亲高血压留下后遗症，和熟人见了面，先迷糊半天，连人的名字都喊不全，并且常年服药。妹妹天生的小儿麻痹，双脚残疾。弟弟是我给他走的后门，在我们银行某分行当一名信贷员。我这儿一出事，行里立即停了他的职。家里全凭我的帮助，现在我不但帮不了家里，连自己都保不住，在这关键时刻就更没有人能帮我做点儿什么，更何况甄世勇把责任全推到我身上，我有口难辩，投进大海也洗不清。我确实犯下了不可饶恕的罪，可这都是他诱使我这么干的呀。事发了，怎么全是我的责任？那一笔一笔的款项，不是由他签字批准？别人给的好处，每一次都是他拿得多我拿得少！现在这些钱都得交出去，我什么也没有了，而他却平安无事。我一身的罪名，搞得自己身败名裂。我这是活该啊！谁让我利欲熏心，鬼迷心窍，不走正道，违背天理，这是苍天对我的惩罚！我相信报应，我相信天道，我现在才明白我所信仰的金钱是个魔鬼，是个把你一步一步诱向深渊的大魔头。他甄世勇就能逃得出法律的惩罚吗？ 他就不会遭天报应吗？ 天知道。他是多么冷酷无情，卑鄙无耻，真是个十足的小人，而我成了替罪羊。我是要被判刑的，我要被送进监狱，失去自由是什么滋味？ 小溪呀，那就像动物被关在铁笼子里那么可怕。我女儿会怎么想怎么看她的妈妈，在同学面前怎么抬得起头。现在的孩子，父母离婚倒没什么稀奇，可谁的父母被判刑进大狱那才丢脸呢！特别是母亲，是女人，在孩子的心目中，母亲是多么温柔、善良、伟大，可是我都干了些什么？ 我给孩子做的什么榜样？ 我真是蠢啊！ 是个十足的傻瓜！我背叛了自己的亲人，违背了自己做人的原则，当了别人的情妇，反而遭其陷害。我跟着他失去理智地走到今天。

结束了，一切都结束了。为了给女儿留下清白，为了不让别人耻笑我的丈夫，我只有一条路，我不怨恨任何人，要恨，也只能恨自己，是我让自己走到今天，是我让自己陷入绝境。

我要走了。为了今天，我已经三天没有进食，只喝白开水，我不想在身体里留有一丁点儿的垃圾。小溪，你是我最好的朋友，我们都是女人，我不怕你笑话，对着镜子里赤裸裸的我，我感到恶心，我觉得自己很脏，从里至外散发着一种恶臭，我眼里的泪水变黑了，我的皮肤变黑了，我的乳房变黑了，我的心肮脏了，我的血液里充满了细菌。我要洗涤自己，在我受阎王审判之前，我要让自己由内至外没有臭味。

我的浴缸里已经放满清水，水很干净，很清亮，很温暖，我倒进消毒液，很多很多，生怕消毒液少了杀不死我身体表层的细菌，我浸泡了很久，直到我的表皮变白。我又喝了一瓶杀虫剂，整整一大瓶，我要烧死身体里的毒瘤和一切会引发各种病症的恶菌，我要对自己进行一次全面大扫除，从喉咙到胃，到五脏六腑，到血管，到各个神经末梢。

毒药开始发作，我身体开始发热，热极了，我要燃烧，我知道这是我身体里的正反双方在较量，我要蜕变。啊！ 我觉得轻松极了，一种被解脱的幸福感萦绕着我，我将要幸福地死去，一切的罪恶就都随幸福——死的幸福而去了，我要干干净净地脱胎换骨地去另一个世界重新做人。我开始下沉，身体很重很重；我好像又在飘升，很轻很轻。我被两个小鬼押着，他们见我如此忏悔，也不怕我跑掉，任我走在通往地狱那漆黑的长长的窄道上，我知道我首先要去阎王爷那儿受审判，之后要在地狱赎罪，只有当我真正淬炼得犹如一个新生儿那般的清新，宛如一片春叶那般的碧绿，我才会被地藏菩萨带入天堂，得以超生……

2

恍惚中，小溪紧紧地拉着我那湿淋淋的散发着消毒液气味的手，伤心地哭道：南燕姐，你不要这样，你为什么不为自己辩解，你不要死，不要。只听我的声音愈来愈远：没意义了，我走了，走了，我走了……

小溪不知不觉从梦中哭醒，她哭得很伤心。她倏然从床上坐起来，自言自语道："南燕姐不会出事的，她不会死的！"但是，她内心已经感觉南燕肯定出事了，她一向认为自己的预感是最灵验的。为了进一步确定自己的预感，她急忙穿好衣服，净手净面。她信佛，她说，她在其中可以找到一种力量。她说人就得有信仰，信仰可以矫正做人的方向，可以让人变得善良，变得轻欲，变得真诚，变得超脱。

她无意间看见挂在墙上的钟表，指针正指在4点整，她赶忙从香盒里取出三根香，虔诚地站在菩萨面前，敬燃，嘴里不住地念叨说："求菩萨保佑南燕姐平安无事，逢凶化吉。如果她真的有罪，您就原谅她，她也是一时糊涂误入歧途，求菩萨减轻她的罪孽，不要让阎王爷带她走。求您了……您保佑她，下次我一定带她在您面前忏悔，请您饶恕她吧。"

她一边念叨一边双膝跪地，三拜九叩祈求菩萨开恩于南燕，她起来又取出自己做的占卜用的筮具，其实也不是什么真正的筮具，不是那种古代人用龟壳、兽骨、蓍草做的，而是由50根桃枝做的约两寸长的小棍子。她从不给别人占卜，因为她认为自己涉入浅薄，她在“乾”卦的象辞里学到“天行健，君子以自强不息”，在“坤”卦的象辞里学到“地势坤，君子以厚德载物”。她觉得乾坤两卦中的这两句话足以使她学一辈子了，“君子应效法天道，自立自强。君子应效法大地，胸怀宽广，包容万物”。读起来容易，做起来不易，君子应“终日乾乾”才能到达理想的状态。《易经》里有世人解不完的谜，探不完的理。因此，冥冥之中她喜爱它。

现在她要占卜南燕的命运，看看自己的第六感觉是否准确，也想确定南燕姐是不是真的就要离开她，但愿不是真的。她开始占。阿拉伯数字6、7、8、9为四变爻，单数是阳，双数是阴，成卦是：三次出现一爻，十八次成一卦。只见她专注地将筮具拨来弄去，不到一炷香工夫，卦占成了。

36卦　明夷

卦辞：利艰贞。

坤火明夷，火在下，地在上，说明光明的时期已经过去，黑暗即将到来。初九至六五，差不多都是在劝君子应坚守正道，否则如上六所说，不明晦；初登于天，后入于地。不但没有光明，反而带来黑暗，刚开始升起在天空，而后来却坠入地下。

呀，不好，真的不好。南燕她犯了国法，她岂不就是没坚守正道吗？ 小溪觉得心里慌乱，不知如何是好！

3

她想起刚才的梦，那是南燕在向我告别吗？ 向我诉说吗？ 是她的灵魂在忏悔吗？ 她仿佛看见她赤裸裸，满身散发着药味儿，消毒水的味儿，皮肤由粉变紫，由紫变红，由红变黄，由黄变绿，像大地一般的绿，像青山一般的绿，像树叶一般的绿；她飘落了，她凋零了，她像秋天的枫叶那般的红，她像冬日的树枝那般的脆；她腐化了，变成一股青烟，飞升在空中；她凝结了，化成无数点雨滴，融入大地。小溪眼前的南燕好像变成了一颗种子，不知道是什么植物的种子，她钻进一方泥土，随着四季自然地更替，她要生根、发芽，破土而出。

小溪思忖着人死后的灵魂是不是可以看见现世。如果一个人死后真有魂灵的话，他的灵魂会不会在天国得以净化，净化之后，会不会得以超生，超生为新的生命后，一点一点长大，长大后，他会不会又成为前世的影子，犯罪的又去犯罪，作恶的又去作恶。如果是这样的话，她宁愿人类永远停留在童年。

寺院的一位住持曾讲过，一个人死后，他的魂灵需在家停留七天，这期间会在灵堂前飞呀飞，等待管超生的神来安排他超生，在超生之前，神要审问他的灵魂是否犯下罪恶，其实神是清楚的，谁犯下了罪恶，神的账簿上一笔一笔记得清清楚楚，神是想考验一下死者的灵魂是不是真诚，根据真诚的程度，分配死者的命运。有罪恶的，就下地狱，在炼狱的过程中，洗洁自己的灵魂，才可以超度，之后让超度者坚守贫穷，或是降临苦难度过一生。善良的，或是升入天堂成为为人间播撒温暖、维护和平与正义的神；或是超生在好人家，根据自己的心意，完成自己来世的夙愿。而一般人就会像芸芸众生般过着平淡的生活。那些不能入土为安，死于非命，飘落在外的灵魂，人们叫他们孤魂野鬼，他们是不会得以超度的。所以，大人们告诉幼小体弱的人，晚上尽量少出门，以免被招惹上生病。晚上做坏事心虚的人，也会被那些孤独的灵魂乘虚而入，它们会寻觅一个有虚症的活体，宣泄他们的孤独。当这个活体失去理智时，它就会在活体里肆无忌惮，引发不可思议的后果。

小溪因做了这样不祥的梦，为南燕半夜三更坐卧不安，她的思想没有一刻停顿，她不相信梦是真的，可她又最迷信自己的第六感觉。南燕是那么美丽迷人，虽然 36 岁，但看着就像 26 岁。她长了一双会说话的眼睛，睫毛长长的，向上卷曲着，宛如一排跳芭蕾的小天鹅，随时都为你舞动、歌唱。她的脸、鼻子，还有身材具有西方美女的特征，仅皮肤是典型的东方肤色，脸颊微红，给人一种健康的美。女人见了她都会喜欢，更别说男人，她偏被甄世勇所征服。不！是被金钱、物欲，还有纸醉金迷的生活所征服！现在是被法律征服了！不！是被她所信仰的东西征服了！

天亮了，小溪急急忙忙刷牙、洗脸、编辫子，平日里辫子一会儿就编好了，今天也不知怎么搞的，编几次都编不好，直到最后两根辫子还是七扭八歪。初秋季节，天依然很热，她穿了一件黑底白点、质地柔软的连衣裙，这件裙子还是南燕帮她参谋的，穿上很可人，很漂亮。她在衣镜前照了照，又选了一款纯白色的手提包挎在肩上。她出了门，感觉燥热，马路上的喧嚣声使她感觉头痛，她坐上出租车，望着街上一个一个行走的肉身，似乎都很怪异，好像身后有鬼撵着似的，急急忙忙地奔走着，他们为什么这么奔走？为了明天，为了未来，为了梦想，为了金钱，为了活着，为了希望，还是为了连自己也说不清的什么？她感慨地摇摇头。

不知不觉中，南燕所工作的银行到了，她付了车费，下车后，站在街口，望了望眼前20多层的高大建筑，她想，这就是银行大厦，是替国家和老百姓管理钱财的庄严地方，这里面的钱财不是属于哪一个人的，在这里面工作的人，只有保护钱财的权利……她边想边进入大厦，南燕姐就在8楼。她走进电梯，来到8楼，直奔南燕的办公室。她敲门，没有回应。她又敲，隔壁办公室有人走出来看看她说："她出事了，她自杀了，在她家里。"

她倏然之间脑子像被电击了一下，昨天晚上，她所做的梦在眼前像幻灯片似的一闪一闪，南燕姐是真的死了，泪水无法阻挡地喷涌而出，她悲伤地奔向南燕家，坐在出租车上，一路感觉南燕就坐在自己身边，和平日一样紧紧地挨着她。

到了南燕家，一股消毒液的气味，家里的所有窗户都敞开着，只剩下她的丈夫和女儿，丈夫抱着已经哭累的女儿默默地流泪，小溪看到这种情景，相信南燕是真的走了，她禁不住哭出声来。南燕的丈夫伤心地哭诉道："她就这么忍心撇下我和女儿去了。我早就劝她做人谨慎，她不听，结果她害了自己……”

“小溪阿姨，我要妈妈，我要妈妈……”

小溪为她擦去泪水说：“妈妈让我告诉你，说她会时时刻刻保护你，她让你不要难过，要好好学习，认真做人。”

南燕的女儿立即停住了哭泣，她很快跑到窗前，对着天空喊：“妈妈，您能听见我在喊您吗？ 妈妈，我想您，您知道吗？ 我会记住您的话，好好做人。”小溪走近南燕女儿的身边，告诉她说：“妈妈已经听见了，她永远也不会离开你，永远。”

……

4

事后的一个春天里，小溪喜悦地对自己的丈夫说：“我怀孕了。”丈夫温柔地将她拥在怀里，深情地吻了她……并且欢喜地轻轻抚摸着小溪的腹部说：“无论是男是女，他是我们的希望，我们要好好培养他，从现在开始。”她幸福地对丈夫点点头。

小溪怀孕之后，她再也没有梦见过南燕，只是时时想起南燕。小溪这时把她全部的精力，投入到对孩子的胎教上，她倾听美妙的音乐，她诵读美好的篇章，她对腹中的胎儿天天讲那春天的故事……

2007 年 4 月 18 日

最后一次通话

“同志，求求你。”

“不行。”同志说。

“同志，我想、我想最后在家洗个澡，给我母亲打个电话。”

“不行。”

“同志，求求你。”

终于，我可怜的样子说服了同志，她说：“你可得快点儿，这是例外，出事我们是要受处罚的。不许打电话。你可千万不许耍什么花样儿。”

“我现在，哪儿敢呀。”

男同志对女同志说：“我出去办点儿事，你盯好她，可别有事。”

“知道。”女同志说。

女同志跟着我到卧室看着我拿了换洗的衣物，又跟着我到卫生间，警惕地扫视一周，拿走了我丈夫的剃须刀；再扫视一周，拔掉浴室的电话线；又扫视一周，觉得没什么问题，对我说：“可以了，你快点儿。”

“是。” 我说。

我迫不及待地关上卫生间的门，长长地松了一口气，然后对自己说：“可自由了！”

我打开浴霸，卫生间里顿时明亮而温暖。我赶紧反锁上门，唯恐外面的人在我安静的时候闯进来。我急忙脱掉发臭的衣服，把它们扔到墙角，总觉得上面印上了无数双敏锐的眼睛，犀利地盯着我，好像我又在干什么见不得人的事。我用两个粉红色的塑料盆，将那些从身上脱下来的好似长了眼睛的衣服扣在里面，这才安心许多。

打开水龙头，被阳光晒得暖暖的水从楼顶慢慢地流入浴缸，我赤裸着走到镜子面前，想再好好照一照自己，看看自己美丽的模样。透过水雾，镜子里映出一个年轻而美丽的身影，正如崔护形容的那样“人面桃花相映红”。

我对她笑一笑说：挺美嘛。

倏然间，天昏地暗，花瓣飘零，一地落英被厚厚的尘埃所覆盖。我急忙擦去镜子的雾珠，寻找那个纯洁而美丽的姑娘，然而，她却不见了。出现在我眼前的却是一个面色发乌，眼睛里充满贪婪，一身散发着臭味的丑女人。我惊慌而泪流满面地叫那个美丽的姑娘：你回来，你回来。可她很快地走远了，似乎听不见我对她的呼唤。

我问镜子里那个丑陋的女人：你是谁？ 我怎么一下子记不起来你？

什么，记不起，我就是我。

我怎么这么丑呢？ 我是那个人面桃花的姑娘呀。

你不是她，她多么晶莹剔透，你再看看你，闻一闻你的味儿。

我乖乖地低下头，嗅一嗅我的味儿，怎么一股难闻的味道？

不，这不是我，我要找回那个姑娘，那个善良而美丽的姑娘。姑娘，好姑娘你别走，你若嫌我有股子味儿，我洗干净不行吗？

那姑娘似乎回头对我笑一笑。

我手忙脚乱地打开淋浴想把那股臭味儿冲掉，冲了足有一刻钟，我回到镜子前，怎么没冲掉，皮肤都快搓烂了怎么还不掉啊？

我又回到淋浴下，用搓澡巾使劲儿地搓，再用沐浴露一遍一遍地擦洗，皮肤蜇蜇的。我又回到镜子前照一照，还没掉？ 反而觉得手指尖、脚趾尖，身上所有能出气的地方都散发着一股难闻的气味。

擦掉镜子上的雾气，我再也找不到那个美丽的姑娘了。

我只看见——一个扭曲的灵魂。

我将头枕在浴缸边，缸里的水淹没了下巴，消毒液的气味刺激着我的嗅觉、味觉，我咳嗽了几声，差点儿呕吐，眼泪也禁不住地流下来。 此时此刻，我突然间对自己存在的意义产生了怀疑，为什么？ 我为什么会有今天？我生活的轨迹怎么不知不觉停留在了这里？

此前，他们对我充满了艳羡，不，还有嫉妒。只有在妈妈的眼里，我是她的骄傲；在丈夫的眼里，我是强者；在女儿的眼里，我是一个成功的妈妈。我非常自豪，觉得自己智商很高，能力很强，有时候真忘记自己是谁了，都找不到北了。

诚然，在检察院同志的眼里，无论我说什么，他们的眼中都充满了怀疑。后来，连我也怀疑自己，不敢相信自己了。 心都虚了，人家又怎么不怀疑呢？

这几天也不知怎么了，和检察院的同志在一起总想起妈妈，妈妈的话总在我耳边响起，做人要光明磊落，要分清是与非，做人要光明磊落。

喂，妈妈，您听见了吗？ 从现在起我要做一个光明磊落的人。以后我照顾不了您了，您一定多多保重。他们不让我打电话，我只能以这样的方式和您说说，和您告别。妈，您原谅女儿吧。

我收回打电话的手势，想想自己，一个穷工人的女儿，从被人歧视到勤工俭学至大学毕业考进银行，有了这份人人羡慕的工作。那时，父亲母亲把所有的希望都押在我身上，我不能有丝毫的懈怠。我一直很努力地工作，一直保持着工人阶级的本色，我是爸爸妈妈眼里的好女儿。我听他们的话，随他们的心愿，找一位老实的工人大哥做丈夫。结婚后，也说不上快乐不快乐，一年后我有了女儿。女儿的到来，使我对这个家有了些许的依恋，因为她，我对生活更加充满了希望。然而，快乐是短暂的，我的好工作给我清贫的家境没有带来太大的转机。我舍不得吃穿，接济娘家，因为我那打出生就脑瘫的妹妹需要钱看病，弟弟又在上学，妈妈身体一直不好，爸爸那点儿微薄的工资根本不够维持家用。我接济娘家，丈夫虽然没有说什么，但是他整日闷闷不乐，面无表情，我真希望他能跟我吵一架。家庭给我带来的压抑，生活的压力，我怎么逃也逃不出；同事之间的攀比、鄙薄、歧视我真的无法承受。

要想让别人瞧得起，首先我要改变自己。我要有钱！

打有此想法起，我变了活法。我生来就有几分姿色，包装起来不比演员差。不长时间，经过特意包装的我就引起了行长的注意，我在他眼前卖弄风情，他记在心里。行里几次活动他点名要我去，我使出浑身解数表现自己，干得蛮出色，博得了行长的认可及大家的赞赏。很快，我与行长的眼神里有了一种默契，我们的关系开始发生了微妙的变化。

在这期间，父亲突然病逝，家里的担子全压在了我身上，我需要钱。

我加快了与行长的关系进展，学会了玩一些规则。很快，我先后被提升为副科长、科长，最后晋升为副行长、行长。我为自己的成绩沾沾自喜！

同志在外催道：“喂，你快点儿。”

“哦，我知道，快了。”同志的喊声打断了我的回忆。

同志的电话响了，听起来好像是同志的男朋友，同志的声音马上变温柔了，和电话那头的人聊了起来。

我将浴缸里自己的肉身换了一下姿势，翻转趴下，无意识地摸一摸自己的乳房，然后将下巴放在浴缸边，将回忆接续下去。

想想自己那会儿多风光啊！ 什么没见过，没玩过，没吃过，没穿过呀，花天酒地潇洒人间。哼哼，我得意地笑笑。

我有钱了，不少的钱。我有钱了，就没人再敢鄙视我。同事看我的眼神无疑三种：羡慕、妒忌、巴结。我很得意忘形，得意自己有了金钱和地位。我每次回家妈妈就对我说："女儿，咱可不能忘本呵，做人一定要光明磊落。人活着，要有骨气，要分清是与非。"我觉得妈妈好可笑，都什么年代了，还给我讲这个。可嘴里却答应她知道了，知道了。

我知道了吗？我知道想尽办法地挣钱了。因为钱可以改变我的人生。我做到了，我改变了，我要按自己的路彻底地走下去。

路愈走愈宽，规则愈玩愈大，收入愈来愈多，生活愈来愈好，人愈来愈风光，我愈来愈觉着自己漂亮。

我在古书里好像看到过物壮则老、过刚易折、月满则亏这样的话，但我并不在意，这和我有何关系呢？

我和这个世界似乎什么关系也没有了。没有了，我要在围墙里度过我的下半生……

外面警察喊："快给我出来……出来……"

敲门声。

我穿好衣服，跟着他们去了。我交代了一切。

2008 年 10 月

百万梦想

女人节那天，天气非常明朗，世界似乎只属于女人。

商场成为女人消费的聚点，有女人给男人买礼物，有男人给女人送鲜花，更多的是女人给女人自己买礼物，在这半天假里好好犒劳一下自己。那天小丫的丈夫想送她一款皮包，他们正在商场里精心地挑选着。

一阵手机铃响，小丫的朋友万方打来电话，说一帮朋友正在沁园宾馆聚会，让小丫速去。其实小丫这会儿特别不愿意别人打扰，她今天只想和丈夫待在一起。她借故推辞了邀请。

小丫的手机不停地响，她用探寻的目光望着丈夫，丈夫只好说："你的节日，你做主。"然而看得出，丈夫明显心情不爽。小丫无奈撇下丈夫，奔沁园宾馆。

到了宾馆小会议厅，小丫就诧异，怎么在座的几位，除万方和尤新之外，其他几位都未曾见过，这和万方在电话里所说的聚会大相径庭。

小丫正纳闷，万方急忙给几位陌生人介绍小丫，陌生人对小丫的到来表现出异乎寻常的热情，这使小丫感觉极不舒服。

小丫问万方："这是什么聚会？"

万方说："那些都是尤老师的朋友，耐心等会儿你就明白了。"

看到尤新老师（小丫一直尊称尤新为老师），小丫和他握手问好，他说：“我请你请不动，还是万方有魅力呀。”小丫心知肚明，尤老师还为上次邀她而未赴耿耿于怀呢。为此她解释说：“尤老师，上次确实有事，我这不是来了吗？”小丫嘴上这么说，心里却嘀咕：这样别扭的聚会早知还不来呢。

小丫只知尤新在某工作领域不称心如意，后因他的学生在某些问题上搞得他脸上不光彩，他不得已辞去在任职务去省城发展。一年多过去，听说他发展得不错，在省城几所高校讲学。这几年人们重视国学了，尤老师可谓生逢其时，便有了用武之地。他除了被学校邀请讲学之外，还经常被企业邀请。听说他被一个茶庄聘请，收入相当不错。小丫很为他庆幸，因为尤老师毕竟是一位非常善良、天真之人，她希望尤老师过得更好。今天见尤老师，确实比以前气色好很多，小丫虽不知缘由，但心里还是蛮为尤老师高兴的。

大家互相认识后，小丫方知几位陌生人都来自同一组织——梦想集团。原来尤老师服务的地方就是这个集团其中一个团队，尤老师以他丰富的国学资源和个人魅力，使得“百万梦想”的队伍越来越壮大。

梦想集团的头号人物姓仙，据这位仙者讲，为了感谢尤老师，为了感谢尤老师给他带来的较高的经济增长点，为了让尤老师也能成为像他那样的百万富翁，仙者想方设法地要帮助尤老师成功。

仙者与尤老师达成共识，资助尤老师 1 万元作为资本，以今后发展无数下线为目标，以三年之内让尤老师实现百万梦想为赌注，以三年后尤老师若成不了富翁仙者裸奔为契约。仙者很快将他的亲戚朋友拉进来，并发展为尤老师的下线。按规则，尤老师只需发展两个下线，就可实现“国外免费游”的初级梦想。

尤老师的泰国之游很快实现了。泰国之游彻底改变了尤老师的致富思路，他一改昔日的儒雅而成为一个勇于开拓的人。 泰国之游令他神情激荡，他似乎找到了真正的致富之道。

在小丫不知情的情况下，万方已被拉入其中，还有今天在座的每一位都是发展的对象，包括小丫在内。尤老师拿出他加入组织不到数日就已经收回的1万多元的港币回执单一一让大家过目，大家都有点儿难以置信。

“钱这么好赚吗？”小丫有点儿疑惑。

尤老师说：“这些港币等一段时间兑换成人民币以后，打到仙头的账户上，再由仙头的账户转到我们的账户。”

他接着激动地说：“这只是收回成本，再继续发展下去那可就是纯赚啊。想想看，这样下去不到三年，这个世界上就会多了你、我，不知还有多少个百万富翁甚至是千万富翁，那时看你们如何感谢我！”

万方说：“小丫，快加吧，三年后我们都成百万富翁了。”

仙者说：“是啊，三年一晃就过去，百万梦想很快就会实现。搞艺术，谁瞧得起；写书画画，挣死个人也挣不到钱，搞不好还得自己掏腰包。既然今天大家有缘相识，我们就是朋友，既然是朋友，我就要帮你们致富，你们看看尤老师现在的风采，较之以前有多大的变化啊！”

尤老师说：“这确实是好事，我们帮就帮最好的朋友，大家一起富起来。”

一会儿，他们将发展对象一并交给一位小姐，这位小姐看起来和蔼可亲，由她来详细讲解集团的结构以及参加的程序。她娴熟地打开笔记本电脑。

……

小丫听完她详尽的介绍后，就问这位小姐：“请问你目前为止赚了多少?”

小姐不正眼看小丫，支支吾吾说：“我是另一个团队里的，和尤老师他们不是一条线。”

“噢？”小丫又有点儿疑惑。她想：钱要这么好赚世界上岂不没有穷人了?

小丫又问她：“那你在另一条线至今发展了多少个下线？ 1万多块钱收回多少成本了？”

小姐看了一眼仙者，然后说：“我……我刚加进来，还没有……”

仙者急忙接话道："她主要是为咱们集团服务的，讲解政策什么的。"

"哦，是这样？"小丫又迷惑了。

小姐的讲解可算得上尽心尽责，不厌其烦。在她的从容煽情下，不一会儿就有两个人要加入组织。

仙者说："要加入立即可以办手续，我们是现场办公，随时加入，早加入早受益。"

此时，有一位先生急迫地说："我加入。"他犹如抢购紧俏商品似的立即从网上银行加入了。

仙者说："莫失良机。若有能力可以帮家人或朋友占位子，多买一单，你马上就可以赚4000元。"

仙者一伙恨不得一人买两单、三单甚至更多。

小丫怀疑刚才那人是不是他们的托，她心里直犯嘀咕，在可与不可之间徘徊，加不加呢？

有一位退休的老干部，因银行卡还没有开通网上交易，不能马上加入。仙者他们比老先生还着急，帮他出主意想办法，催促他立即打电话，马上开通网上银行进行交易。已是晚上9点多，电话迟迟打不通，梦想集团的人都特别有耐心，说："老先生，您别着急，慢慢打，银行晚上总有值班人员，只要跟值班经理说明情况，就可以立即开通了。"

半个多小时过去了，老先生打出一身汗来都未果。

仙者说："别着急，再试。"

又过了一刻钟。

功夫不负有心人！ 电话终于打通了，这下可以将钱直接打到仙者指定的香港账户，早一分钟加入就早一分钟挣到钱。梦想集团里的人这么说着。

然而，事不凑巧，老干部账上的钱却不够，还差几千块。

老干部说："要不我明天再加入，明天我直接带现金来。"

小姐说："今晚如果再有一位要加入，比如说她（指小丫）现在加在您的前面，您在她后，她就可以先赚到4000元港币。”

“那怎么办？我钱不够呀。”老先生有点儿急。

“要不这样，您看，您可以先占个位子，卡上有多少钱先刷多少，明天再将其余的用现金补上，行吗？”小姐又转过头来问小丫：“您要不要也占个位子？”

“我今天没带钱，还是明天再说吧。”小丫一边说一边寻思：真有他们的，他们为什么这样急于让人加入？亏了我今天没带多少钱，否则，我也经不住这样的致富诱惑。这钱果真这么好赚吗？小丫还真有点儿糊涂了。

老先生听小丫说明天才加入，便说：“那好吧，就先刷卡上的钱占个位子，我明天再把剩下的补上，这样果真能行？”

“太行了。”仙者说。

仙者一帮迫不及待地将老干部卡上仅存的几千元顺利地刷走了。

……

回家后，小丫躺在床上辗转反侧难以入眠，这天上真的能掉下馅饼吗？钱真的就那么好赚吗？仙者的葫芦里到底卖的什么药？

第二天一早，万方和尤老师分别给小丫打电话，催促她赶快加入，说现在已经有好几个人都入在她前面了。

“不行啊，我丈夫不同意。”小丫说。

“这事还要告诉你丈夫吗，自己做主不就行了。”

“那怎么行呢，一家人过日子，1万多块钱对于一个家不是大数目，可也不是小数目。”

“那就跟朋友借。”万方和尤老师建议说，“赚了钱再还给朋友。”

……

小丫实在推不过，就让丈夫接电话，丈夫替她婉言谢绝了。朋友是否生了小丫的气，那就不得而知了。

2009年3月稿4月修改

老八路

上篇

老八路死了，死的前一天他做了一件自己觉得应该做的事。

老八路生前有两个习惯：一是无论春夏秋冬，只要闲下来总爱蹲在门口；二是无论什么时候，腰间总要系着一条布腰带，腰带上插着——据说是他当八路时缴获来的一个铜制的旱烟锅子，一尺见长的铜烟杆上吊着个黑皮烟袋子。袋里面装着他自制的烟丝，那黑烟袋子在太阳光的照射下油光发亮。

他总爱蹲在自家门口，没事就将烟锅伸进袋里装满烟丝，再用手摁瓷实了，划着火柴点燃，吧嗒吧嗒抽几口，在石门墩上磕打磕打，再点一锅，吧嗒吧嗒再几口，再磕打磕打……好像所有难过的日子，经他这一吧嗒、一磕打全都过去了。每每有人从他家门前经过，和他打招呼时，他总是扬起头，嘿嘿笑两声，然后说："好！ 好！ 嘿嘿……"

时至今日，我都不知老八路的大名。听父辈们讲，他从部队回村的那天起，人们就一直叫他老八路，叫着叫着，大家似乎都忘记了他的大名，老八路就成为他永远的名字。

老八路有四个傻儿子。死的那个叫三牛，大牛是个哑巴，二牛和四牛哥俩，虽然都能说话，但却目不识丁，和人交流起来也是语无伦次，前言不搭后语。

听村里人讲，全国快要解放那阵子，老八路说，他不想再打仗了，就从部队跑回家来当农民。他没上过学，大字不识几个，多少年也没给家里捎过信，回家后，才知道他的父亲、母亲、大哥都相继过世了，留下两间破房子和带着一个哑巴侄子过活的嫂子。

他告慰父母亲大人和大哥在天之灵后，凭着在部队锻炼出来的好身板撑起这个家。他修整好漏雨的房子，让嫂子和侄子住大间，自己住小间。力气活他大包大揽，嫂子在家做饭照顾侄子，他回家有口热饭吃就行。

慢慢地，他发现嫂子的大脑就像别人说的那样，不是那么清楚，据说，是近亲结婚所致。由于他家穷，大哥娶不起媳妇，他父亲就托人在山里带回来现在的嫂子，村里人觉得她脑子有问题，就给她送了一个绰号“瓜媳妇”。

八路想，瓜媳妇也罢，傻媳妇也罢，再怎么说那也是嫂子，还有一个哑巴侄子，不能不管呀！ 就这么着，八路承担起了这个家。瓜媳妇逢人就夸：“我兄弟对我真是好，比娃他爸都好……”

八路本来话就不多，见人只是嘿嘿一笑，他也从不给人讲他参加八路、打鬼子的事，大家就知道他从鬼子那儿缴获了一个铜烟斗，到什么时候他都不改抽旱烟的习惯。回村务农后，他就只求本本分分种庄稼，当个老老实实的农民。

一年以后，他娶了嫂子。村里人都说他傻，担心他以后会再生哑巴聋子傻孩子。然而，他有他的想法，反正他这种情况既娶不起媳妇，也没人跟，家里底子薄，还不如接替哥哥照顾嫂子侄子。他还抱有一种侥幸的心理：我不傻，生下的孩子不一定傻。他的侄子大牛，只是哑，可不傻。只是他没钱让侄子去上哑语学校，不过，等不了几年，侄子就是个好劳力，可以下地干活当帮手。

不久，瓜媳妇怀了八路的孩子，人们担心她肚里的孩子又是个哑巴或聋子。八路也担心。但他又一想，我不傻呀，没那么倒霉吧。唉！ 想他干啥，生下个什么是什么。

二牛出生了，咿咿呀呀的，他会说话。渐渐地，他发现二牛脑子不清。八路暗想：再长长看吧，直到三岁，二牛还不会数数，更没有识字的欲望。这时八路心凉了半截。没事就蹲在家门口抽闷烟，把个烟锅子磕得吧吧响，谁和他打招呼他都不吭声，他觉得人们都在嘲笑他。有人就故意在他面前说："八路，可不敢再要孩子了。"

他想：我就不信生不出个好的！

这期间，瓜媳妇的傻弟弟从山里来投奔八路家，不久，傻弟弟带走了媳妇，八路一个人带着大牛二牛过了半年光景，媳妇才回来。又过了半年，媳妇生下三牛，三牛一生下来就是个畸形儿，没满月就死了。

村里人说三道四的，八路的话更少了，抽旱烟的时间更长了，磕碰的门口都是烟灰。别人和他打招呼，他只是从鼻孔里哼哼两声。这时，村上就有人问他："八路，你到底参加过八路没有？ 见着鬼子没有？ 打过仗吗？ 瞧你熊的……"他不回答，把个烟锅子使劲在门礅上吧吧吧地磕，来回应人们对他的嘲笑。

转眼二牛到了上学的年龄，八路把他送进学校，可是二牛坐不住，也听不懂老师说什么，哭着闹着不去上学，八路把他送去，他就跑回家，再送去，他再跑回家。老师劝八路别强迫二牛了，说二牛上学也是听天书，不念也不写，还影响别的孩子上课。老师指着自己的脑袋对八路说："你儿子，这儿有问题。"八路心里明白，只是自己不愿意承认。他想：娘的，咋整的，他娘傻，我又不傻，怎么生的儿子就缺根弦呢？ 我就不信。

没多久，寡媳妇又怀孕了，八路急切盼望着这个孩子出世，兴许这个儿子和他一样是正常的，他把所有的希望都寄托在媳妇肚里这个孩子身上。他想：儿子出生后，他一定让他好好念书，将来做个有文化的人，也好让自己扬眉吐气一回。于是乎，他更拼命地干活，度日如年地期待着这个儿子的降临。

一天半夜，媳妇突然喊肚子疼，怕是要生了。八路心急火燎地去敲接生婆家的门……四牛出世了，八路一闲下来，就爬在儿子四牛的耳边道："儿子，你快快长大，老子送你上学，上大学，将来做一个有文化的人……"

就这样，一年过去了，两年过去了，三年过去了……四牛和二牛一样，一到十的数还数不清，而且，对这个世界上的任何东西也不好奇，也没有求知的欲望。八路心中的希望彻底熄灭了。

他每天早早下地，日落西山后都不想回家，任汗水肆意地洒在泥土里。他用铁锨一遍一遍把翻过的黄土再翻一遍；他用铁锄一遍又一遍将庄稼地里的杂草就像打鬼子似的彻底消灭。累了，从腰间抽出旱烟锅子，蹲在地头吧吧吧地抽几口；烦了，再抽出烟锅子抽几口。看着自己用汗水种出的绿油油的庄稼，他弯下腰，用颤抖的双手捧起一把黄土，重重地对着大地说："只有这好地好土壤，才能种出这好庄稼来啊！"

从此，他对土地、对自己种的庄稼，比对儿子还亲，他对土地产生了一种特殊的感情，只要有土地就有粮食。这种收获使老八路感到非常欣慰，慢慢地他脸上挂出一丝笑意，再遇到村人那嘲讽的目光时，八路也便能毫不在乎地从容面对了。

一年的腊月，没几天就要过年了。瓜媳妇的傻兄弟又来了，八路真想撵他走，但看他傻傻地对着自己笑，便连撵他的力气都没有了。然而，他却没想到，傻兄弟来的第二天，媳妇和傻兄弟又不见了。这一失踪就是三年，这三年八路又当爹又当娘，忙了地里还要忙家里。八路似乎也在盼望他的那个傻媳妇能够回来……

突然有一天，媳妇真的回来了，但他再也没和媳妇住在一起。他只是希望干活回家有口饭吃，孩子们能穿上干净点儿的衣服。

可是没有几年，媳妇死了。

庄稼成了八路唯一的希望。

下 篇

老八路就是这样一直默默地在苦难中坚持着，再大的挫折他也只是抽几锅旱烟付之一笑。

突然有一天，一辆黑色的小轿车停在老八路家的门前，老八路要被小车接进城去了。村民们相互转告着，不一会儿老八路家的门前像赶集似的，人们七嘴八舌议论纷纷。有的说，老八路会不会以后到城里享受老革命待遇去了；有的说，老八路会不会当个一官半职；有的说，老八路这下苦日子熬到头了，有人管了……猜什么的都有。不管怎么猜，老八路确实是被领导的小轿车接进城了。

说起进城，老八路还真记不清他有多少年没进城了。他坐在轿车里，四下里慌张而拘谨地瞅着，不知道怎么坐才好，才对。他摸了摸车里面柔软的座位，用手捏一捏，自言自语说："不一样，我们那会儿打仗的时候，领导坐的破吉普还是从鬼子手里缴获来的，开不动的时候，我们帮忙推出几百米才开得走，嘿嘿，不一样。"

接他的同志告诉他："时代不同了，人们的生活都好起来了。"老八路说："好喽，是好喽。"说话间从腰间抽出旱烟锅子，他想抽一锅子。同志拦住他道："不能在车里抽。"他嘿嘿笑两声，又将旱烟锅塞进腰带里。他不自在地坐着，继而望着窗外，心中想：这城里距家只有30多里，自己却记不清多少年没来过了，变化真大啊。他脸上流露出淡淡的笑意。他并没有感觉自己穿着脏兮兮的粗布衣，裹腰裤上系着一条粗布腰带，腰间还插着一个一尺来长的旱烟锅子，穿着圆头的黑布鞋，大裤脚塞进尼龙袜子里的样子，与外面的花花世界多么的格格不入，也没有像许多农民进城后有那种自卑的、低人三分的感觉。他一直瞅着外面，一直那样笑着，然后连续说了几个好，好，真好！

民政局领导见到他后，问他："这么多年为什么不来找我们？"

他说："不想麻烦政府。"

领导说："听说家里很困难，有什么要求提出来，我们一定帮助解决。"

他说："我有土地，能种粮食，这些年能过去。"

领导说："是我们的工作没做好，让一个老革命同志受苦了。"

他说："不苦。比那时（指八路军时）好多了。我能吃饱。"

领导说："了不起啊！ 到现在还保持着老八路的革命精神。"

他嘿嘿笑两声。

领导说："像您这样的老八路已经不多了，我们民政部门应该关心你们。考虑到您的实际困难，我们给您一些补助，把房子修好，然后每月按规定发给您抚恤金500元。"

他问："是国家规定？"

领导点点头说："是国家规定。国家怎么会忘记你们这些革命同志呢。只是怪我们工作疏忽，让您受委屈了。"

说完领导递给老八路一个信封，里面装满了对老八路的歉意。老八路接过这沉甸甸的信封，热泪积满了眼眶，他说："党好，国家好，没有忘记我们。"

领导又派车将老八路送回家去。

信封里的钱确实给老八路帮了大忙，他盖了两间红砖大瓦房。每月500元的抚恤金，给他的生活带来一定的保障。从此，村里人也不敢小瞧老八路。有人说他是半个政府人，每月按时发工资……但不管怎么说，500元的抚恤金，确实让他的日子好过些。他从心底里感谢政府，感谢党！

他激动得多少个日子都睡不着觉，他想：我一定要在有生之年报答党对我的关怀。

老八路的条件相对好了，但几个傻儿子依然没有媳妇。

突然有一天，老八路家门口聚集了不少村民，大家都在议论八路家从哪儿捡回来一个媳妇？ 只听二牛在院子里嚷嚷，说是在回村的路上捡回来的。人们正在七嘴八舌，觉得这捡来的女人怎么能随便领回家，会不会有什么毛病，这黑人黑户的……

二牛大声说：“这女人以后就是我的媳妇了。”

人群中有人高着嗓子说：“她要是个神经病你也要吗……”那人话未说完，只见那媳妇低着头快速跑出屋了，在墙角处抓起一块砖头，直冲向门口……人群中有人急忙大喊：“大家快跑！”只见那女人手中的砖块“嗖”地飞了出去，从一个略胖的中年妇女耳边擦过，“嗵”一声砸落在地。大家虚惊一场，说：“还真有病啊。”

从此，村民没人再敢对她好奇了。这个女人就在八路家落了户。为此，兄弟几个经常吵架。

去年，村上又要选村主任了。参加竞选的有两个人，一个是村上的农民企业家，他叫王旭，为村子办了不少好事，出资修路，还给村子每条街道装上路灯，在群众中口碑不错；另一个叫贺彪，是上一任村主任，没什么政绩，但是很富有。村民们只是眼红，而不敢说什么。村民们私下高呼王旭能够成为他们的带头人。因此选举的第一回合，众望所归，王旭赢了。

贺彪的谋士说：“选举的关键在于最后一个星期，放心吧……拿出这个数（谋士手指一反一正好几下）。”

贺彪点点头对他的谋士说：“没问题。拉票的事就交给你了。”

老八路将手里的四张票攥得紧紧的。

老八路家的门槛都要被踢破了，企业家王旭也来到老八路家，老八路对他说：“你回去吧，我心里有数。”

贺彪到八路家不止一次，老八路也对他说：“把东西拿回去，我心里有数。”

选举的日子到了，贺彪一副胜券在握的态势。

监票人喊着：

“贺彪两票，王旭一票……”

计票人嚓嚓地写着“正”字。

眼看贺彪的票数压过王旭，原本聒噪的人群一下子肃静紧张起来，贺彪的票数已高过王旭两票，这时人们的目光一起投向老八路，就剩他手中的四张票了，这四票可是关键的四票。

老八路蹲在那儿不急不忙地吧嗒完最后一口烟，将烟锅子在地上使劲磕两下，然后慢慢站起身来，他就像一个士兵，背脊挺直，铿锵有力地走向投票台，投票前他面向乡亲们镇静地说："乡亲们，请允许我八路最后说几句，我已经这把年纪，也说不定明天就完蛋了，但是别管我能再活几天，凡活着的人，谁不想过上好日子。要想过上好日子，咱需要一个好带头人啊，选带头人，可不是在自由市场做买卖，为一点儿蝇头小利弄虚作假。只要谁能带领大家一起致富，一起向前奔，咱就拥护谁。"老八路颤抖着手从怀里掏出那关键的四张票接着说："这四张票我投给王……"

正在这时，突然选举场上一片混乱，只见老八路的傻儿媳一手举着一块砖头，一手捏着几张人民币，嘴里含糊不清地喊着："你投河……你投河……"跑向选举台，将手中的砖头对着老八路就抛过去，有人忙喊："老八路当心！"老八路连忙躲闪，不曾想，老八路一弯腰，那砖头不偏不倚地就飞到了前来督选的乡干部头上，只听"哎哟"一声，乡干部顿时满脸是血……选举会上一片哗然。

休会，择日再选。

事情发生后的第二天，老八路死了。

听说，从来不洗澡的他，选举会的当晚，他在家里烧了一锅热水，用毛巾仔仔细细擦了身子，穿戴得整整齐齐，系上早已备好的一条新的细布腰带，右手握着从不离他的旱烟锅子，静静地睡去……而且炕边留有一张纸，上面歪歪扭扭地写道：

我家四张票全部投给王旭。

老八路

2006 年 11 月 12 日

村里传言说，葬他的那天，有一个小孩子看见老八路蹲在他家门口，望着为他送葬的人群，抽一口旱烟，笑一笑，摇摇头，又笑一笑，再摇摇头。

2007年11月14日一稿

2009年4月9日修改

童　年

“池塘边的榕树上，知了在声声叫着夏天；操场边的秋千上，只有蝴蝶停在上面；黑板上老师的粉笔还在拼命叽叽喳喳写个不停；等待着下课，等待着放学，等待着游戏的童年……一天又一天，一年又一年，迷迷糊糊的童年……”

我妈妈到现在还喜欢唱她小时候唱的这首歌，可是妈妈为什么要夺走我童年那么多乐趣呢?

记得我从上幼儿园小班起就开始为写作业烦恼。妈妈每天去接我，仔细地抄写黑板上的作业，回到家我就写作业，写完作业才能看动画片。记得打那时起，我就没有自己支配时间的自由，我要背唐诗，背英语单词，还要画画等等。

我5岁时妈妈又要求我学钢琴，我上完画画课又上钢琴课，回家不但要练琴，还要写作业，一点儿玩的时间都没有，那时我上学前班。

我真的苦恼极了，无法忍耐之下就和爸爸妈妈开展了一次革命斗争。

我说：“你们要再让我学这学那，我就一样都不学了，而且我也不上学前班了……”

他们听后慌了，说这儿子是怎么啦？ 怎么突然会这样？ 他们对我用什么哄骗的办法都不灵了。

那些天，我特牛，什么都不用干，他们还不能拿我怎么样。

经过斗争，爸爸妈妈终于妥协了，取消了我的画画课，我为自己争取来了一点儿空闲。 耶！ 我特高兴，我革命成功了！ 我胜利了！

可这种胜利没有持续多久。我没想到上小学后的日子更是难过。

我本来就是一个比较好动的男孩子，而且丢三落四的，本子和铅笔经常被人拿走，妈妈为此不知训我多少次，但我就是记不住。一贯不太安静的我，上课时，注意力很容易分散，有时真没听见老师在讲什么，只看见老师的嘴巴一开一合的，心却在别处，幸亏学前班就学了拼音和加减运算，否则，我把成绩单拿回家肯定是挨骂的份。还好，一年级就这样应付过去了，考试虽然很少得100分，但是还从未下过90分。因此，我爸爸妈妈也经常给我点儿笑脸，我一高兴弹琴也认真了，妈妈更高兴，我就趁机讨要一点儿时间多玩一会儿。

但是好景不长，到了二年级，妈妈又让我学英语，我抗议说："学校到三年级才有英语，为什么让我现在就学，我不干。"

妈妈说："英语要早接触，语言这东西早学有好处……"

抗议无效。

无奈之下，我只能听他们的话——学。

可是从那时起，我心里也悄悄地发生着变化，我想：学就学，反正我也拗不过他们，我应付。我干什么都是应付的态度，不认真也不上心。 我想方设法地总是找机会玩，哪怕是上课的时间我能玩就玩。 做小动作，不专心听讲，学习能进步吗？肯定退步。

这下更完了，本来对我就不感冒的老师对我更不感冒了，座位排在老后面。 在爸爸妈妈眼里成绩退步就不是好孩子了，好孩子成绩都应该是优秀的（就是90分以上的）。我当时的心态是：你们爱怎么想就怎么想，反正我就这样，没不及格都不错了，我们班还有得十几分的；不是你们心目中的好孩子就不是呗，老师不喜欢就不喜欢呗，进步不进步的无所谓，没什么大不了的。

这种状态到了三年级，我的成绩滑坡很大。一天妈妈突然对我说："你必须去老师家里吃饭、写作业。"

我问："为什么？"

"为了你好。"妈妈说。

我想：为了我好就非得送老师家去吗？ 难道是妈妈不想管我了吗？ 是嫌我学习不进步生气而撒手不想管了吗？ 真那样才好呢。可又一想，这怎么可能呢？ 为什么要送我去老师家呢？

说真的，我不想去老师家，老师平时既不喜欢我，也不关注我，在课堂上一般都是我爱怎么玩就怎么玩，从来不叫我回答问题。我若去了老师家，那他以后肯定就注意我了，那我在课堂上就不能玩了，搞不好还要回答问题，我最怕回答问题了。我真的不想去，可我又没办法，拗不过我妈妈，只好先去，再想办法逃出来。

去老师家吃饭后，我才知道咋回事。原来每个同学每个月要交给老师吃饭和辅导作业的费用，怪不得老师在学校对那些在他家吃饭的学生管得那么严，对我们这些坐在老后面的不在他家吃饭的，老师管都不管。

哦，我明白了，妈妈是因为这个原因才把我送到老师家去的吧。

之后，老师立即把我的座位向前调了几个座次，也认真检查我的作业，不懂的地方还给我详细讲解，课堂上也请我回答问题，而且我一有小动作他马上就能看见，立马没收我的玩具，让我站起来，提醒我注意听讲。

老师突然关注我，使我有点儿不大习惯。我想：作为老师不应该挑挑拣拣的，应该关心所有学生，更应该关心成绩较差的。 如果只是关注个别，那不是大多数学生都应该去老师家吃饭写作业吗？

我学习成绩虽然慢慢赶了上来，可我不知为什么就是不喜欢我们的老师。我将不想去老师家吃饭写作业的想法告诉妈妈，妈妈问我为什么不想去。我说我也说不清，就是不想去。妈妈说不行。我说我以后认真听讲，努力维持或者超越目前的成绩。

妈妈郑重其事地说："也许，老师的才能在课堂上会有所保留的……"

"我不管，反正我不去老师家了，我就不信我离开他就学不好。"

这次，妈妈尊重了我的意见，但条件是：必须成绩越来越好。

我先答应了，至于妈妈要求的以后再说。

我离开老师的家，也许妈妈早有思想准备。因为她认为，孩子要想有一个好的成绩，主要还是靠家长的辅导。可是，妈妈有时给我讲题，我越听越糊涂。爸爸虽然数学好，但由于他的工作性质，经常不在家，我就埋怨妈妈怎么不是老师。

妈妈说："老师不是随便什么人都能当的。都说老师是蜡烛，但你知道吗，一个真正的好老师，他会不断地去采集火种来照亮他的学生。一根蜡烛的光亮燃尽了就熄灭了，太有限了。你懂吗？你以为谁都能当老师吗？"

妈妈的话我虽然不全懂，但我能明白一点点，我多希望自己能遇到一位真正的好老师啊！

那么，那些真正好的老师都在哪儿呢？

听大人们讲，真正有本事的老师进不了我们的学校，能进学校的老师可不全是真正能教好学生的。然而，大人们都希望我们成龙，怎么办？ 只好寻求校外的各种辅导班、兴趣班之类。

不知从啥时起，我们城市的各个角落多起了各种辅导学校。大街小巷、各个学校门口都在散发各种辅导班的宣传材料，而且，你还要不厌其烦地听着发传单的人介绍辅导班的情况，如他们的辅导班有多么多么好，有多少名优秀教师，是某所重点学校最有名的某某教师……

是不是那些好老师都去辅导学校了？ 他们可以赚更多的钱吗？ 我问妈妈。妈妈说，也许是吧。

我妈妈在那些传单里挑呀拣呀，并且带着我到处试听课。我想，她怎么会舍得放弃能使她的孩子进步的每一个机会呢。

我参加辅导班的理由是：人家学习好的孩子都在外面学习英语、奥数、奥语，还有音乐等等，更何况你学习成绩一般，必须去上辅导班。

上帝呀，您在哪里？ 您救救我吧！ 我在心里这样喊，老天爷呀，您在哪里？ 快救救我吧！

我除了学钢琴，还要学奥语、奥数、英语。我快要忙死了，比神仙都忙，除了学习就是学习，一点儿玩的时间都没有了！

在学习当中，最让我头痛的是作文，妈妈说我看书少了，还要求我读书、背古诗等等，真苦恼呀！

我天天盼望着放寒暑假，可好不容易熬到放假，却除了继续原有的辅导课程以外，还要加上作文辅导。我简直要疯了，妈妈说没办法，她也要疯了，谁让我作文不好呢。

每一个我盼望中的寒暑假，我妈都会剥夺三分之二的时间，剩三分之一的时间还要写假期作业。真苦闷啊！ 苦闷死啦！

升到四年级就更别提了。两个星期天剥夺一个，剩下一天写作业，作业要是多一些，我就一丁点儿玩的时间都没了，我若是能和院子里几个从小一起长大的好朋友痛痛快快地玩上几个小时，那简直都成了一种奢求。

我不明白，大人们明明懂得玩是孩子的天性，可为什么就是不给我们玩的时间呢？ 要剥夺呢？

我大声高唱“……等待着下课，等待着放学，等待着游戏的童年……一天又一天，一年又一年，迷迷糊糊的童年……”

我整天晕头转向地学呀学，可是成绩却还是一般。我爸妈也弄不明白了，这是怎么回事呀？ 没少学呀？

他们哪里知道，这么让我学，我哪儿会用心呀。我总想着怎么样才能美美地玩一会儿；或者上课时，脑海里天马行空地跑到电脑游戏里痛快一会儿，我只能以这样的方式奢侈地玩一会儿。我也想好好听讲，但是我没办法，我太想玩了，因为我玩的时间太有限了，能不渴望吗？

然而，我越渴望玩，我妈越是不让我玩。她还说什么，不是她不让我玩，而是现在的社会人才竞争得太厉害了，就业太难了，所以我不能光想着玩。

我倒是光想着玩，但我哪儿有时间去玩。

妈妈说："我也知道这样逼你不对，可是你得适应这种应试教育体制，大家都这样，我不这样，将来你就会落后，被社会淘汰，没饭吃……"

大道理一大堆……我耳朵都听出茧子了。

五年级对小学来说算是高年级了，妈妈说："五年级太重要了，你要面临择校问题。"她更是不敢怠慢，把我抓得更紧了。她想让我上一个好点儿的中学，为此，她又给我换了一家她认为更好的辅导学校。

为了我她连生意都不做了，专门在家监督我学习，跟着我一起上辅导班，我没听懂的她来补充，记的笔记比我还要详细。

我妈说："孩子的学习得靠家长的努力。"她好像早已对学校失去了信心。我听大人们都这样说。

从 2008 年开始国家规定：九年义务教育统统免收学费。孩子们的家长都挺高兴，说终于盼到这一天了。

但是，没高兴几天烦恼就来了。因为学校在每个星期六早晨要加上兴趣班。学校在告家长书上写着：……自愿参加……

家长们说："这是咋回事？ 怎么能这样，我们不参加。"

然而，班主任老师要求每个同学都要参加，班干部带头。

有的学生不想参加，说他们在外面上着辅导班呢。老师就叫到办公室做工作，说学习退步了留级可别怪他们。

家长们怨声载道，又怕对孩子没好处，只能……唉！

这下，我更完了，星期六的时间一半又没了，不想去也得去。

星期天从早上 8 点一直到下午 3 点我都在上课，我们一起上辅导班的同学都喊累，有几个女生挺不住都哭了。

我终于也承受不住啦，在妈妈没有任何预感的情况下，我突然愤怒地大声地对她喊：“你快去给我把所有的辅导班都退了，除了钢琴和学校的兴趣班我去上之外，别的我都不上了！”

妈妈当时愣住了，她问：“为什么？”

“我受不了啦，一点儿自由都没有，整天学！学！！学！！！你们也太自私了！只知道要把我培养成为你们想象中的那种人，一点儿都不考虑我的感受！你们有没有想过，我快乐吗？我这样学下去，一样也学不好……你们就别指望我怎么样了……”我越说越难过，简直难过极了，把这些年积压的所有委屈一下子宣泄了出来。

妈妈也哭了，她给我讲了她的委屈，她说她也是不得已而为之……

我和妈妈继续抗衡，妈妈给我讲了很多大人们觉得非常正确的道理，而我没法听进去，我只想为自己争取一点点宝贵的玩的时间。

可是，我和妈妈谁都不愿意让步，我们就那样僵持着，僵持着……

我在心里唱着那首《童年》：“……等待着下课，等待着放学，等待着游戏的童年……一天又一天，一年又一年，迷迷糊糊的童年……”

我多想有一个轻松而快乐的童年啊！

2008 年 10 月 31 日完稿

（此文刊载于《青海湖》2009 年第 3 期）

田鼠王说："我们的天敌，蛇呀，猫头鹰呀，都被那些馋嘴的家伙吃得差不多了，我们现在可以和他们做游戏了。我们常年钻在地洞里，不能见世面，如今我们的队伍更加庞大，家猫更不会把我们怎么样，我们有机会就到上面去捣捣乱。"

鼠后伤心地说："这次我们损失惨重，几十亿的兄弟姐妹惨遭杀害！"

田鼠王说："我们体积这么小，他们体积那么大，和他们较量，哪能没有牺牲。幸亏我们只是出动一小部分的兵力，否则就更惨了。不过他们损失更为惨重，消灭我们也够费他们财力的，处理不好还会有后患的。"

鼠后说："这能怪谁呢，是他们自己造成的，破坏生态平衡，不但把我们放在餐桌上高价出售，还残杀了我们很多同类并把它们当作餐桌上的美味。不过他们不是爱吃蛇肉、猫头鹰肉嘛，这样岂不就是保护了我们？但是，话又说回来，对手少了也不好玩，不刺激啦。这不，没事找事闹出一场大麻烦，我们的将士损失几十亿。要是有猫头鹰呀，蛇呀，还有那些野猫家猫的和我们整日较量，我们哪有工夫和他们交战。"

田鼠王说："他们如果不整顿，会殃及整个地球，各种自然灾害都会袭击他们,他们必须停止他们的行为,管住他们的嘴……否则,灾害会频频来找他们算账。”

鼠后说:“你说他们真够蠢的, 怎么就不吸取教训呢,总是管理不好自己。你可不要和他们一样,一定要把我们的王国治理好。”

田鼠王说:“放心吧,夫人,我们养精蓄锐,谁要是再破坏我们的游戏规则,我们就对他不客气!”

鼠后点点头, 哈哈哈哈笑了……

2007 年 7 月 15 日

这般体验

非常着急，因为我还是个小人物。悲公这么想着，怎么办呢？必须深入生活，体验生活，尽快搞出个好作品以飨读者。

近来，名家们不断有关于“狼”的作品问世，真火！我呢，想写一部《狼的世界》，可是我并不了解狼，若想写狼就要体验狼……狼在哪儿呢？去深山野林会有危险……悲公想来想去，想到了动物园。

他来到被圈起的狼面前，狼对他张着大口，露出獠牙，伸出长长的血红的舌头。悲公见状胆怯地说：“狼先生，我是来和您做朋友的。是这样，我想写一部关于你们的书，起名叫《狼的世界》，我想让人们更加了解你们的生活……您可要友好地对待我，支持我，别对我这么凶巴巴的哦。”

狼先生似乎听明白了他的话，忽地从地上站起来，前腿一躬说：“原来是这样，你要写我们那太好了。你想了解我们？那就要像我们一样地生活。”

“是啊，我就是想深入你们之中，体验体验你们生活的全部。”

狼先生表示随时欢迎。

悲公告别了狼先生，来到了小有名气的哀公家，他说明自己的想法，向哀公讨教《狼的世界》该如何切入，他觉得《狼的世界》对他来说太难产。

哀公说："这好办，去找狼小姐嘛，去深入地体验体验，《狼的世界》自然就会分娩。"

悲公说："哀兄真是高人啊！"

哀公说："哪里哪里，不过比你早出道几年嘛。说不定你的书一下子就火了，鲜花美女……哈哈哈哈都等着你呢。"

悲公更加有了信心，他快意地走出哀公的家，走在大街上，回想哀公的话，找狼小姐体验，到她们中去找灵感，狼妹呀狼妹……悲公感觉狼烟四起，他好像被狼妹包围着，已经眼花缭乱，狼妹摇摆着身体，绿色的媚眼在他面前飞来飞去，狼妹妩媚妖娆忽近忽远若即若离。他感到一种焦渴、难耐、波涛汹涌，他嗅着狼妹，抱着狼妹狂欢，迷乱，放纵，失去理性。

大街上，他失常的行为招来人们的嗤笑，听到笑声他突然清醒，他眨巴眨巴眼睛，发现自己失态地抱着一根枯死的树干在乱啃。

"哎呀，那人嘴流血了……"一个小朋友问妈妈，"他是不是有神经病啊？"

小朋友妈妈说："可能是吧。"

"什么？ 我神经病？"他松开树，低着头边溜出人群边没好气地说，"我要有神经病，全世界的人都有。让开让开，有什么好瞧的。"

离开围观的人群，他想，我还没到狼窝呢都这样了，真要这般体验生活，一群狼妹若吃了我岂不麻烦……得得得，不写了，不写了。还是换个主题吧。

写什么？ 悲公思考了很久，又去找哀公。

哀公说，还是写你熟悉的事物吧。其实，生活中很多细节顺手拈来就是好文章。比如说我那篇《雄鸡展翅》，我不止一次地去观察雄鸡求偶时那亢奋的鸣叫，最终才写出那篇佳作。

悲公因此而受到启发，灵感突现，他说："我写《凤求凰》，哀兄看如何？"

"真乃天才，那你去观察观察孔雀开屏吧。"哀公还告诉悲公，"要想让孔雀开屏，就要穿鲜艳的衣装。”

于是乎，悲公身着一身红色的运动装，第二次来到动物园。

到了孔雀所在地。围栏外一群孩子正在逗着孔雀开屏，可是孔雀就是不听话，不愿展开它那美丽的羽毛。

有一个孩子说：“可能今天孔雀生病了，所以它不愿意开屏。”

悲公见状摩拳擦掌，大摇大摆地说：“怪你们没穿鲜艳的衣服，看我的。”

只见悲公将头发向后一甩，双臂做展翅状，像一只飞不起的残鹰，在孔雀的护栏外飞来飞去，嘴里还唱着情歌……然而，他使出浑身解数，孔雀就是不开屏。小朋友们以不解的目光看着他，小声说：“都是公的，怪道它不开屏。”孩子们哈哈大笑着一溜烟地跑走了。

悲公瘫软地跌坐在孔雀面前，嘴里絮叨着：“悲哀啊，悲哀！ 真是悲哀，《凤求凰》又泡汤了。”

然而，他并不甘心，冥思苦想几日后，又去找哀公，他说：“哀兄，干脆我写虎得了，写虎的爱情，一定热销。”

哀公说：“那你就再向虎山行，好好了解虎的习性，了解它们是如何谈情说爱的。”

悲公说：“好，这次，我想我一定会成功的。”

他一脸欢喜地离开哀公，自言自语道：“我的《虎情》一定会大获成功，到时候，什么鲜花、荣誉、美女应有尽有，哈哈哈哈……”

悲公特意将自己打扮一番，只见他手捧一束鲜艳的刺玫，西装革履地第三次来到动物园。

他款款地向虎山行进，老虎们打老远就嗅到了玫瑰花那醉人的芬芳，它们一个挨一个站在栅栏里，当悲公出现在它们面前时，它们各个都流露出暧昧的眼神。悲公站在护栏外，先给他们讲了骆驼祥子和虎妞的故事，老虎们听后感动得痛哭流涕。接着悲公表明来意，说他要写一部比刚才讲的故事还要感人的虎的爱情故事……

有一只虎还未听完悲公煽情的述说，就激动地在护栏里来回转圈，似乎瞬间就要从护栏里扑出来。它目不转睛地迫切地望着悲公，急切地将两只前爪伸向护栏外，仿佛对悲公说：“请把那束玫瑰花送给我吧，我好想好想……”

悲公忘情地闯进禁区，将那束带刺的玫瑰送入防护栏内的它面前，说：“虎宝贝，我……”

悲公话未说完，只听饲虎员大喊一声：“危险，那是一只母老虎！”

话音未落，老虎张开血盆大口将悲公手中的玫瑰花连同他的右手一起吞了进去，刹那间，只听一声惨叫响彻动物园，游人们、动物们不知发生了什么，就连风儿都静止了。

2001 年 5 月发表于《工人文化报》

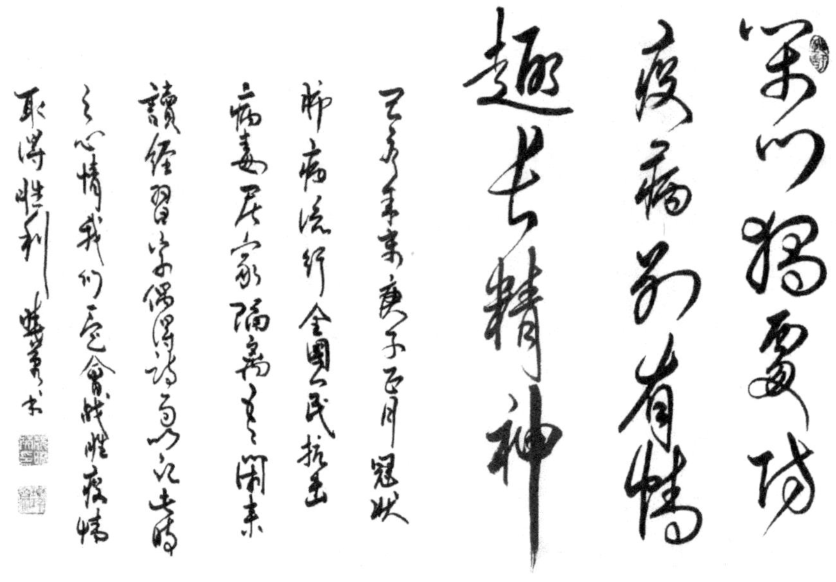

因　果

黑子的媳妇在土壕畔哭到半夜都没回家。

黑子在家吃着媳妇给他做的菜，喝着酒，晕晕乎乎到半夜，媳妇半夜没回家，黑子也没在意。他自在地倒在床上呼呼大睡，嘴里还念叨着什么：“该下了，怎么还没下起来，天气预报挺准的……”

大约夜里11点多，张三失声地喊黑子，黑子迷迷糊糊问什么事，那人大声而急切地说：“你媳妇掉进壕沟被土埋了，快去救人！”

来人话音未落，倏然间狂风四起，天空噼里啪啦响起雷声，一道闪电穿透玻璃窗迅速划过黑子那紧绷的脸，紧接着又一声惊雷，仿佛要劈开什么似的轰隆隆地吼叫……

黑子惊悚道：“你说啥？ 怎么可能？”

“你媳妇掉土壕里被土埋了，是刘二亲眼看见的。”张三重复了一遍。

“是刘二亲眼看见的？他都看见啥了？” 黑子一愣问。

“看见你媳妇掉下去被虚土埋了。”那人着急地说：“快走，快救人，要下暴雨就糟了。快！”

黑子突然清醒，疯了似的往土壕方向奔去，一边跑一边对那人说：“快，叫人，多叫人，顺便叫李子把面包车开来，快点！”

黑子不顾一切地冲下土壕，像狗趴洞子似的，土末子、土疙瘩从他裤裆下面随狂风飞起落下，电闪雷鸣，不一会儿，硬币大的雨点从天而降……

随后来了不少村民一起用手刨……黑子的女人终于被刨了出来。一道闪电照亮了女人发紫的脸，雨点冲刷着她脸上的泥土，有人赶紧用手在女人的鼻子下试呼吸，说她似乎还有一丝气息，不容耽搁，赶紧抬着女人上了面包车，送往附近的县医院。车在大雨中快速行驶，黑子闷着头把女人抱在怀里。也许是颠簸的原因，或者是人们说的回光返照，黑子的女人突然睁开了眼睛，她看见黑子抱着自己，突然抓起黑子的衣领，声音细弱地说：“黑子……黑子……你……你……”不知她想说什么，但话没说完就咽气了。

目击者刘二说：“当时我正在给玉米地浇水，隐约听见有人在土壕那边哭，一会儿，哭声没了，听哭声是黑子媳妇，也不敢确认，就想过去看个究竟……原来黑子媳妇待的那地方很危险，都是虚土，可能是塌方引起的意外事故，当时刮风打雷的，我怕对我不利，就赶快回村报信，路上就碰上张三了。结果还真是黑子媳妇。”

黑子媳妇的死是意外，是她不小心掉下土壕被土掩埋而致死的。

有的说是自杀，是媳妇想不开黑子在外面有了女人。

有的人说谁知道是咋死的。

结果是黑子的女人死了。

女人的娘家砸了黑子的家。

黑子的女儿、儿子，打他们的娘死后，就再也不理黑子了。

黑子的女儿正在读初一，为此她休学了，因为她没办法正常上课，满脑子都是妈妈活着的模样，妈妈的突然死亡，使她对黑子产生了厌恶。

在孩子的眼里，爸爸只知道挣钱。他们的生活学习都是妈妈照管，因此，爸爸的来去对他们来说好像无所谓。

一段时间，女儿发现妈妈经常一个人在夜里哭，感觉一定是爸爸和妈妈之间出了什么问题。女儿发现妈妈一天天憔悴，很是心疼，但却无能为力。女儿问妈妈，妈妈只是摇头什么都不愿意说。直到有一天妈妈病得很厉害，说出了心里话……女儿听后如晴天霹雳，从此女儿对黑子的感情产生了质的变化。

媳妇死后，黑子将媳妇葬后不久就要进城。他说工地很忙不走不行。

临走时女儿问他："我妈到底是怎么死的？"

黑子盯着女儿的眼睛回答："是意外。"

"怎么个意外？这个意外怎么没让你碰上？"女儿厉声问。

"真是意外，都怪我那天晚上喝了酒糊涂啦，没及时找你妈回来，谁知道她会跑到土壕上哭。"

"你盼着她死是吗？我看你根本就不想找，你本就是巴不得我妈早点死！"

"你这孩子胡说什么？不信你去问伯父，伯父和他们公安局的那些同事一起看了法医鉴定，最终认为是被土闷死的，是意外死亡。"

"我伯父是你哥，他会向着我妈说话？一个已经死了的人。"

"你这孩子怎么不相信你爸呢？"

"你说出实情，我就相信你。"

"我已经告诉你实情了。"

"你不想说真话就算了，我会找到证据的，只要你能心里安宁。"

"我没做亏心事，不怕鬼敲门。女儿，你就相信我，赶快回学校念书去。"

"我不念，我要为我妈报仇！"

"报仇？谁是仇人？"

"我会找到的。"女儿固执地说。

黑子"你……你……"了半天，不知说什么好，他心里对女儿挺发怵的，这女儿是他的女儿吗？他想，女儿刚失去母亲一时还接受不了，时间会淡化一切的，也许过一阵子她会好的。

黑子回到城里，在城里的家中享受着天伦之乐。欢乐之余，偶尔也会想农村家里还有两个孩子（我的亲骨肉）由年迈的母亲照顾着，还是抽空回家看看他们，否则真不认我这个爹了。于是，他匆匆去超市给孩子们买一些吃的穿的，想拉拢拉拢感情，然而，黑子每一次的感情投资，都被女儿无情地拒绝。

女儿说：“你还有脸进这个家门？滚！我没有你这个爸爸（气愤中女儿将黑子买的东西全部扔出门外）！”

女儿对黑子的仇恨，使黑子很懊恼。他企图解释，可女儿不容他解释一个字。

女儿责问他：“我妈生前，你对她好过吗？你一年到头能在家住几天？你自己做过什么你不清楚吗？ 别以为你有几个臭钱就可以胡作非为！ 别以为你干的那些见不得人的事情别人都不知道！ 老天爷长着眼呢，看得清清楚楚，总有一天，老天会让你讲真话。”

黑子的母亲看他和女儿关系这么僵，就撵他快走。

黑子原以为媳妇死了，只要他能满足孩子们的各种愿望，就可以把外面的女人接进门，或者把孩子们接进城里和他们一起住。没想到女儿对他这么有敌意，根本就没有办法和她商量。现在他回家一次，女儿对他的仇恨就加深一些，这是黑子万没有想到的，为此，黑子的心里也不是滋味。

外面的女人说：“你的女儿太不近人情，连父亲都不认了。也好，咱不是还有我的儿子嘛。”

黑子说：“得了，我的孩子都不认我，还你的儿子呢，认我的钱吧。”

女人嗔怒道：“那总比不认好。”

黑子说：“我赔大了，连孩子都没了！”

女人说：“你还有我们呀。”

黑子说：“你们？ 哼哼（他是从胸腔里挤出来这两个字）。”说完起身出门，开车直往酒吧。

本来就爱酗酒的黑子现在更爱喝酒了。因为他常会梦见媳妇满身满脸都是土，并且面目狰狞地揪住他的衣服问他："你为什么不看在夫妻一场的份上，为什么不念及自己的孩子，你为什么??? 我不会放过你的，你们会遭报应的，我不会放过你的……"他经常做类似的梦，然后惊醒，一身冷汗蜷缩成一团，仿佛媳妇的幽灵就在他面前。所以，他每天必须喝酒，以醉来麻痹自己不做类似的噩梦。

黑子也不知自己是咋的了，女儿愈是仇恨他，他愈想化解仇恨，然后就大把花钱买一大堆的东西带回去，来减轻心里的负疚，可女儿就是不领情。女儿越不领情他就越痛苦，他越痛苦女儿就越仇视他。他痛苦自己的亲骨肉怎么就如此恨他，真是妈比爸更重要吗？爸爸再有钱也不顶一个穷妈妈吗？我不能和女儿一生成为仇人吧？黑子的心乱极了。没办法，女儿就是不容他，而且如此固执。于是他便把这种痛苦化解在酒里，他更爱酒了，一天都离不开它。

一天晚上，黑子拉着他城里的女人在酒吧里喝得烂醉，摇摇晃晃走出酒吧，嘴里打着酒嗝，方向盘仿佛在黑子的手里跳舞，他对着始终在车前阻挡他的人喊道："你滚开，别再用那种可恶的眼睛盯着我，你还要怎么惩罚我，你的女儿、儿子一个都不认我，你还想怎么样，你要我死吗……"他撕心裂肺地喊着："你要怎么样，滚开！我已经受够了，受够了……"他身旁的女人迷迷糊糊问他在喊什么，他理都不理。

此刻的黑子，精神和心理已是极度的恐惧加错乱，他驾驶的车也似乎不听他的指挥，他的眼睛里冒着血星，车子在马路上七扭八歪地行驶。这时，迎面的垃圾车司机见黑子的车在以S线行驶，而且速度很快，急忙就躲。然而，黑子也像躲鬼似的，方向盘在他手中来回打转，垃圾车见情况不妙紧急停车，黑子却加大油门直冲上去……女人在副驾上晕晕乎乎闭着眼睛，只听金属撞击声划破夜空……女人再也没有睁开眼睛……

黑子重伤昏迷了三天，醒来后发现自己右腿不见了，女人也死了。倏然，媳妇的话又响彻整个房间："你们会遭报应的，你们会遭报应的……"

几个月后，黑子被接回到乡下，看见女儿那仇恨的目光，他的心揪在了一起。他想，女儿对自己的仇恨恐怕这一辈子都无法化解，最让他感到心惊胆战的是在梦里他媳妇那厉鬼似的模样要折磨他一生。

黑子回家的第一个夜里，他躺在和媳妇曾经一起共眠的床上，怎么也无法入睡，他辗转反侧，床也吱吱嘎嘎响，这响声就像他媳妇的问罪声，他的身心都要爆炸了，他要疯了。

恰在此时，女儿走了进来，脸上平静得就像一个成熟的大人，她右手拿着一瓶酒，左手拿着一个杯子，走到黑子的床前说："听说您喝醉酒就可以忘记一切是吗？"黑子愣愣地看着自己的女儿。

女儿又说："这酒是我特意给您准备的。"说着，她给黑子倒了一杯酒，递到黑子手中，看着黑子喝了下去。

她又倒一杯递到黑子面前说："我妈生前说过，她要是有什么不测就是你干的。对吗？"

黑子接过女儿给他的酒支支吾吾直摇头。

女儿平静的语气中却带着命令似的口吻说："把酒喝了吧，喝了你就能睡觉了。"黑子听话地喝下第二杯。

不一会儿，黑子呼吸变得急促，肚子里就像火烧一样，他疼得蜷缩一团……

女儿依然平静地看着他，没有丝毫的同情，等着他讲话。

黑子看着女儿如此狠心，真正的害怕了……他说："你，你怎么这么狠心，对你老爸下毒手！"

"我狠心？那是我妈，你老婆，你是怎么狠心下手的？你到现在还不说真话，那就再喝一杯。"女儿怒目圆睁地说。

黑子泪流满面地说："好，不说出来迟早我也会憋死的，我说，我……女儿，爸错了，我不该坏了良心有了外面的女人害你妈，我是蓄意害你妈的，我知道那天晚上有暴雨，就有意把你妈骗到壕里的虚土处，将她推下去，用土活埋了……"

"然后，你就回家来装睡，然后你就重金收买了目击者刘二，反正有伯父在公安局为你撑腰是吗？"女儿接过话头说。

"你怎么知道的？"

"我从刘二的眼睛里知道的，从他的表情里知道的；我还知道你有你哥给你撑腰，我能怎么样？（女儿冷笑几声）我可以以其人之道，还治其人之身，为我妈讨个公道！"女儿义愤填膺地说。

"女儿，快……快打急救，快……"

女儿狠狠地瞪了他一眼，背过身去，泪水刹那间溢出眼眶——噼噼啪啪滴在电话机上，女儿拿起话筒拨了120急救。

（此文刊载于《延河》2009年第1期）

网　吧

大雪持续了半个多月，引发了许多后患，致使我市各家医院骨科接诊的病人倍增，住院患者人满为患，楼道和走廊都增设了床位。

在这冰天雪地的日子里，似乎一切都变得缓慢而又迟钝，大街上行人的脸上都带着对老天下了半个月还不叫停的大雪的不满。唯有孩子们对这场罕见的大雪情有独钟，他们那冻得发紫的脸上露出开心的笑容，孩子们一边走一边打雪仗，你追我赶，笑声在美丽的雪花中快乐地传递着，仿佛大雪就是他们快乐的源泉，他们希望这快乐能持久些，再持久些，他们才好尽情地在雪中享受游戏的快乐。

我挤上公交车，忙向后门挤过去，我拉着扶手站在几个进城办事的农民后面。一个中年妇女说："孩子不争气，不走正道，整天泡在网吧里，逃学，不学习，我都不知道该咋办他。"另一个说："你说那些人，偏偏就把网吧开在学校旁边赚孩子们的钱，没人性。"一个男人说："孩子们不知好歹，分不清是非，越上网中毒越深，骂也骂不听，打也打不下，咱又不能整天跟着他，看他是不是去上学了。真不知道该怎么办好？"那个中年妇女又说："那天我去网吧找孩子，进去一看，我的妈呀，我心都打战，全是中小学生，你说这些人怎么……这孩子们一进网吧就出不来了，害死人啦！”

车到站了，临下车时我问他们是哪儿的？ 他们说是临县的。我说：“你们回去要继续向有关部门反映，那可是你们的下一代呀！ 不能放弃！”

回到家，温暖了许多，我换了衣服和鞋子，顺手打开电脑，准备写完采访稿。我坐在电脑前，那几个农民的对话在我的耳边不断回响……我又想起儿子在打游戏时，也是如此地忘我，甚至不思茶饭，仿佛那小小的屏幕里有一件他特别喜欢的——而人间又无法得到的东西在诱使他，他一定要得到，否则誓不罢休。我无数遍地引导他，给他讲理，告诉他电脑不是玩具，它是供人们工作和学习的工具。一遍又一遍地唠叨，儿子这才慢慢明白。

我暗想：现在城里几乎每个家庭都有电脑，网吧的管理也很规范，但总能听到家长对孩子上网一事怨声载道。我的儿子如果生活在农村，而我们又忙于耕作，孩子又会怎么样呢？ ……想到此，我心里的那团火又燃烧起来：那些孩子也是孩子，是未来，即使将来当农民，也要成为一个健康的有文化的农民。我们如今生活在网络时代，取缔网吧是不可能的，怎么办呢？ 那就需要社会、学校、家庭正确引导孩子们，保护他们的身心，让他们健康地成长。

第二天一大早，我处理完手头的稿件，交给报社总编室，我又踏上了去临县的公交车，本来两三个小时就可以到达，可由于冰天雪地，同样的路程我们走了两倍的时间还多，到时已经下午4点多了。我草草填饱肚子，又急忙找了家招待所住下，招待所里人很少，屋子没有暖气，铁炉冷冰冰地闲着，每个床上配备了一个电热毯。招待所负责人见我是女同志，就赶快叫服务员夹来一块正燃烧的蜂窝煤放进铁炉里，上面又放了一块生煤，烟筒使劲儿往外抽着空气，煤不一会儿就燃烧起来，屋子顿时温暖许多。服务员一边生着炉子，我一边和她聊天。服务员叫杜鹃，模样长得清秀，看她一脸稚气，问后知道她只有16岁，出来工作已经快两年了，她初中没毕业就辍学了。我问她：“为什么不上学？”她说：“念了也白念，还不如出来找份工挣钱呢。”

我又问："像你这么大的孩子辍学的多吗？"

她说："我们这儿好多女孩子都不念书了，有的男孩虽然念吧，但都是拿着父母的钱上网吧念去了。我弟就是那样，爸妈哪里知道他们的儿子整天泡在网吧里打游戏。我弟满脑子都是游戏。回到家，我爸妈就问他在学校啥样。他就回答好着呢。然后就拿了爸妈给的钱上网吧。我每次回去就告诉他们，我弟拿着钱上网吧打游戏，他们也不以为然。"

我问："你们家离县城多远？"

她说："将近百里路，要翻山越岭走好半天才能到家。"

我问："你们县城学校周围网吧多吗？"

她说："有，几十米处好几家，就临县县城十好几家大小网吧。"

我说："我给你请一会儿假，带我去网吧看看。"

天色已晚，街上的路灯犹如一个个可怜的幽灵发出惨白的微光，雪像蝗虫似的簌簌地在半空中肆虐着飞舞着，继而无情地落在建筑物上、街上，我和杜鹃的身上，我俩不一会儿就变成了走动的雪人。我们路经临县中学，学校里安静极了，透过狂舞的雪花，只见学校里有几处灯光在雪花中跳跃着，我想那也许是辛勤的园丁在批改作业或备明天的课案吧。我们继续走了几分钟，杜鹃说："这是海洋网吧，前面还有几家，再往前不远处是临县小学，反正学校前后左右有四五家网吧。"我说："咱们一家家看看好吗？"杜鹃点点头，我们打打满身的落雪，走进海洋网吧，杜鹃掀起黑皮革厚门帘，一股浓烈的烟雾直刺鼻子，网吧里乌烟瘴气，只见显示屏像魔鬼似的闪烁着，里面似乎有无数妖怪使着各种魔法吸引着坐在它们面前的人。吧台的人对我们说："已经没有位置了。"杜鹃看了我一眼，我说："噢，我们是找人的。"我借着吧台的光亮，望了一眼这个网吧，上下两层，一层装有五十多台电脑，只见荧屏光在一张张稚嫩的脸上闪耀，他们在亢奋中愉快地吸吮着毒汁。我对杜鹃说："走，我们去找人。"我慢慢地确认，除了少数的青年外，大部分都是十三四岁的孩子，有的屏幕前坐两三个男孩女孩，嬉笑着游戏着，我的心缩紧了，战栗了。

有的男孩玩暴力游戏很入神，有的女孩看爱情剧非常动情，有的网上聊天聊得热闹，一边聊一边谈情说爱，有的一边聊一边动粗……我在黑暗中偷偷开了摄像机。我们又去楼上，只听见啪啪啪啪激烈的按键声，空气中烟雾弥漫，嘴里还不时吐脏话："不信我整不死你……"那是和游戏中的人对骂吧。

透过荧屏光，我看见杜鹃突然站在几个男孩子后面惊呆了，只听一个响亮的耳光，顿时键盘声停了，一双双惊异的目光探寻着：怎么回事？ 只听杜鹃对着那男孩子喊："给我出去！"我急忙走过去，显示器上的画面令我震惊！杜鹃哭着对我说："我弟……我弟，他竟然在看黄色网站。"说着她的拳头像雨点似的捶打在弟弟的身上："爸妈给你钱上学，你都干些什么呀？ 走，跟我出去！！"杜鹃连拉带扯把弟弟拽出网吧，拽在大雪之下，我的身后顿时又响起噼里啪啦的按键声。

大雪像蒲公英的种子似的纷纷落在我们身上，落在临县，落在大地上，周围一片静寂、凄切，只有杜鹃对弟弟气愤地斥责："你打打游戏也就算了，你怎么看那些东西。你还知不知道羞耻！ 要不要脸啦！"

"怎么了？ 怎么了？ 什么大不了的，我又没犯法，看看又怎么了？ 我不知道人怎么来的？ 我就看了，怎么了？"弟弟高声喊。

"你你你……"杜鹃一时语塞不知说什么好。

"真够烦的。"说完他伴着飞舞的"蒲公英"向学校方向走去。

我站在那里一句话也说不出来，此时此刻，我真的不知该说什么，不知不觉中眼眶里涌出了一串串泪珠。我拍了拍杜鹃的肩膀说："我们走。"

杜鹃和我又去了五家网吧，有的规模二三十台，有的四五十台，都是些被城市淘汰的机子，然而正是在这些又老又丑的像魔法师一样的东西前面，坐着的大多数是一张张长着稚嫩脸庞的学生；这些毒草般的东西，侵蚀着孩子幼小的心灵。这才是一个小小的临县，一个居住三四万人口的县城，这仅是九牛一毛。

雪夜下，网吧里，电脑前那一张张幼稚的脸，触动着我的神经，我心潮澎湃，全身灼热，涌出一行行冰冷的泪珠，我深深地陷入一种情绪之中，被这种情绪纠缠着折磨着。

回招待所的路上，我将杜鹃护在我臂弯下，恐怕她摔跤，杜鹃诧异地瞅着我脸上一滴滴蛋形的泪珠，我将她搂得更紧，我俩没说一句话，只听见咯吱咯吱的脚步声在雪夜中回响。

第二天清晨，雪停了，空气似乎更加纯净、寒冷。我决定去杜鹃的家乡——山涧乡，杜鹃告诉了我行走路线。我告诉杜鹃房子给我留着，火生旺点儿，晚上我要回来住。

我乘上了去山涧乡的破旧巴士，无心留意车上的人们，车速很慢，我望着窗外连绵起伏的银色世界，只有一种感觉："千山鸟飞绝，万径人踪灭。"这种清冷寂寥的画面使我忘记了一切，我仿佛就是那个独自垂钓的渔翁，独自享受着这份静谧与寒冷。我沉醉在这种纯净的寒冷之中，很久很久。时不时会有一个小村庄诗意般地闯进我的世界，我的眼睛里仿佛长出了画师的手，在一张洁白的纸上描绘着这里的山、房子、炊烟、孩子，使这片寂寥的土地增添了无限生机……

"山涧到了。"司机的一声叫喊惊醒了我，我离开了自己描绘的世界回到现实，我的双脚离开汽车踏进了脏污的冰雪之中。山涧乡百米多长的镇子，透过低矮陈旧的房子就可以看到这里的落后，我看看手表，已是中午 11 点多，我在镇上来回走了几趟，问镇上的老乡山涧乡学校在什么地方，老乡说在街后面不远处。我顺着一条染了泥泞的雪道走进去，学校几排简陋的平房里一片寂静。我心想，孩子们没上课吗？就在此时，一阵刺耳的铃声像一把锋利的刀划破寒冷的空气，学校顿时一片喧闹，孩子们背着书包就往外跑。放学了，我站在校门旁看着这些脸被冻得通红的孩子，他们中有的也望望我，怯疑的目光看我一眼赶快就移向别处。这时，我听到几个大点儿的男孩说："走，去网吧。"接着就三五成群……我想他们一定能带我去他们很想去的地方。他们看起来和我的儿子差不多大，十一二岁的样子，不是五年级就是六年级。他们的队伍越来越壮大，走到镇上，他们分成两伙，一伙朝南一伙朝北，我不知道该跟上哪一伙孩子，朝南的一帮突然停了下来，好像要商议什么事。我且先扔下他们，跟上向北的一伙孩子，他们中大都是男孩。他们进了一家院子，又进了一间平房，我跟了进去，墙上写着一小时一元。他们有的给老板两元，有的给一元五角，有的给二元五角，有的给三元。之后，他们熟练地打开那些破旧的电脑，点开自己喜欢的游戏，一张张稚嫩的脸上流露出兴奋，不一会儿电脑前坐满了孩子。网吧老板用怀疑的目光望着我说："你找谁？"我忙回答说："我找人。"我急忙走出这家网吧，奔向另一帮孩子。他们还没商量完事，我离他们几步远，怕他们怀疑我跟踪他们，所以装着在等人，可我的耳朵伸向他们，用眼睛的余光扫视他们，只听他们中的一个说："我偷了一点儿铜线。"又一个说："我偷了锁门的铁杆。"又有一个说："我偷了两个水龙头。"还有一个说："我偷了两块钱。"只听偷铜线的孩子说："走，咱们去废品站，把这些东西卖了。"我想他是他们中的头儿。

我跟着他们到废品站，他们对着一个蓬头垢面的人说："换钱。"那人问："又来了，这次拿啥换？"他们将东西从书包里掏出来，往那人面前一推，那人看了看，掂量着铜线说："这也就值三元钱，水龙头和铁杆各一元。"他们说："好吧。"拿了钱拔腿就跑进一家临街的房子里。我尾随他们，揭开黑皮门帘，二三十台比临县县城还要破旧的电脑前坐满了孩子……

我走出网吧，到了对面一家小商店，用四元钱买了一斤花生和店主聊起来，我和店主寒暄了几句，见他对我并无敌意，就直接问："这条街上就这两家网吧吗?"

他说："这就够害人的。"

我说："怎么尽是学生？没人管吗？"

他说："谁管？家长举报得多了，找得急了，来人收几台电脑，关一两天门，人家打点打点，把电脑拉回来，门又开了。"

我说："找县里有关部门呀。"

他说：“找哪儿都没用，我们这穷乡僻壤的，谁还跑这儿来管这芝麻事。”

我说：“这些孩子的家长呢？”

他说：“好些孩子都在这儿寄宿，山里有些村子小，没有学校，几十里路地来回跑也不可能。家长为了让孩子念书，就让住这里，学校给租的民房，五六个、七八个的一个屋。以前没网吧还好好念书，自从有了网吧，这些孩子一个个的心都闹了，没日没夜地打什么游戏，你说这还怎么上学？唉！老师也不会天天跟他们住一起，也管不了。家里给的钱都上网了，没钱了就偷东西，什么水管、钢筋、锁门的铁杆子都偷去了换钱上网，怎么得了啊！也不知道你是干什么的，你可以到别的乡镇去看看，前面不远是涧河镇，那儿的中学都没几个上学了，条件好的把孩子弄到县上去上学，有钱的弄到城市去上学，剩下没几个好好念书的了。这些小学生还不敢到处窜着上网吧，那些中学生，是本乡镇的不在本乡镇的网吧上网，都去别的乡镇网吧里了，一天一天不回校，老师说孩子没上学，家长说孩子明明上学去了。害得家长找也找不着，干脆有些家长也不找了，爱成什么成什么去。有的孩子吧，说是来上学，一个星期都不在学校，经常旷课，你说，那玩意儿到底有啥东西就那么吸引他们。”

我又问：“我看女孩上网的相对少些，但为什么有那么多的女孩子也辍学？”（此时，我想起了杜鹃）

他说：“女娃子嘛，山里人重男轻女的多，都不富裕，女娃子能上学也不让上。有的女娃子跟着男娃子学坏了，谈情说爱的就荒了学业。有的好吃懒做，心比天高到城里闯世界去了，你说连个文化都没有，能闯个啥呀……”

他说着突然话题一转说：“你看，有好戏了。”

只见街对面有一个30出头的男人从网吧里拽出来一个男孩，拉出来就打。他就像打一只狗似的，孩子在雪地里打滚，喊着：“我不敢了，我去念书，不偷东西了，不上网吧打游戏了。”那男人一边打着一边骂道：“你个丧天良的，我们辛辛苦苦赚钱供你念书，你跑到这种地方念来了，这还不够，你还偷东西换钱跑到这种地方，我让你害人！ 我让你害人！”

有的旁观者实在看不过，怕他这样真会把孩子打死，于是将那男人拉开。那男人像一只猛虎一样扑过去，又将孩子拽起说：“走，跟我回去，咱这书宁可不念了，也不能让你毁在这儿！ 我不指你念书了，跟我进山里种地去！！”

我被这场景惊呆了。只听商店老板自言自语道：“造孽哟！真造孽哟!!”

我走出商店，长长地叹了一口气，我想到了我的儿子，爱人是否将他安全地接回家，此时此刻他又在干什么呢？我深深地叹了口气，朝家的方向眺望，然而，四周被积雪覆盖的山峦挡住了我的视线……

我突然决定，今天晚上不回临县县城了。我要多走几个山村乡镇，我们不能遗忘这些孩子，更不能抛弃这些孩子……

2008 年 12 月 11 日初稿

2008 年 12 月 31 日修改

（此文刊载于《延河》2010 年第 6 期）

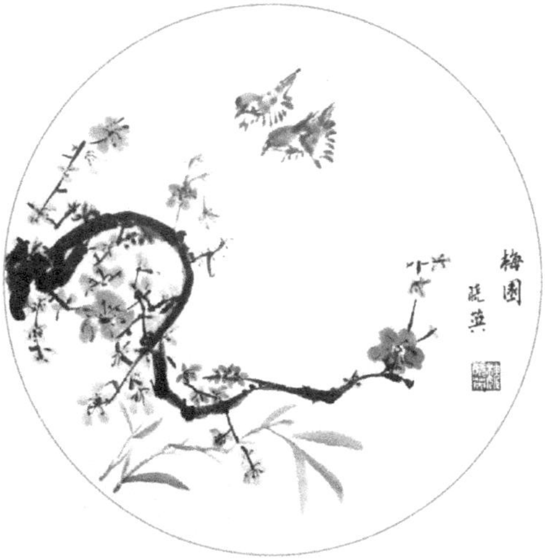

暴力妻子

马赛娶了一个聪明高大、女性魅力十足的妻子，妻子的名字叫蒙寒。不幸的是，结婚不久，马赛发现蒙寒的脾气暴躁，性格怪异，控制欲非常强。她说话从来不会温柔细语，总像是在和谁吵架，而且马赛的一切行为，都要给妻子汇报得清清楚楚，稍有不到之处，蒙寒就会像母夜叉般地警告马赛说："马赛，你是我丈夫，干什么都要听我的，少动别的心思，否则，我跟你没完！"

小两口动不动就吵架，蒙寒声音又大，搞得马赛在邻里街坊的面子都没了。马赛实在不想再这样生活下去，就琢磨着怎样和她离婚。不巧的是，蒙寒却怀孕了。马赛只好想方设法忽略蒙寒的缺点，继续维持婚姻。从怀孕之后到生孩子，蒙寒的性格似乎有所好转。然而，当他们的女儿渐渐长到 3 岁，蒙寒的那些毛病又慢慢回来了。

她时而对马赛大声辱骂、讥讽，时而对马赛暴跳如雷，总觉得马赛在外面和别的女人鬼混，并且肯定是马赛的同事菲菲。蒙寒连套带逼诱让马赛承认他和同事菲菲有不正当关系，马赛想解释，她根本不给他机会。马赛义正词严地告诉她："菲菲是刚来单位的大学生，业务不熟悉，老板让我带她熟悉业务，接触虽多了点，但什么事也没有，别整天的无事生非。”

蒙寒问道：“你为什么要和那个女人一起出差、一起吃饭、一起住同一个宾馆？”

马赛说：“一起出差肯定是要住一个宾馆一同吃饭，这也违反了你对我的限制吗？”

蒙寒疯了，歇斯底里地骂道：“谁知道你和她同住一室没有呢？你个流氓！”她嘴里一边骂着，一边顺手就操起眼前的东西往马赛身上砸去，凳子、杯子、饭碗、铲子，不论任何东西。马赛经常会在脸上贴一张创可贴，或者抹点碘酒，也因此被同事耻笑。

马赛实在忍无可忍，就到法院申请和蒙寒离婚。经法院调查，实属罕见的妻子向丈夫施暴。由于蒙寒有暴力倾向，法院将女儿姗姗判给了马赛，由马赛监护抚养女儿。

然而，蒙寒并不善罢甘休，她开始跟踪马赛，经常偷走女儿，又不怜惜女儿，搞得马赛没有安宁之日。于是，他去了法院申请限制令，如果蒙寒再跟踪马赛或骚扰女儿，法院就要依法制裁她。结果这一纸限制令却惹怒了蒙寒。蒙寒雇用了一个打手，一天晚上，马赛把孩子锁在家里，参加朋友聚餐去了，他喝得晕晕乎乎，晚上9点左右，马赛正骑着电动车往家赶，刚骑到胡同口，突然一根木棒狠狠地落在他的头部，马赛顿时栽倒路旁晕了过去。蒙寒在一旁还说：“给我打，打死他，谁让他把孩子扔在家里自己去享乐。”蒙寒一边说着一边鞋底子抹油偷偷地溜了。打手的棍棒在马赛的身上噼里啪啦作响。此时，巡警车开过来了，警察喊道：“住手，不许打人。我是警察，住手！”打手这才四处张望，指使他的女人早不见影了，他撇下棍棒撒腿就跑。警察边喊边追。

蒙寒这时早已到了马赛住处，她告诉女儿，说爸爸晚上不回来，让女儿跟她走。女儿不愿意，说要等爸爸回来。她哄着女儿去买芭比娃娃和汉堡，女儿说：“我不要芭比娃娃，只要你答应我，以后不再和爸爸打架吵架。”她先是一愣，然后敷衍了几声，女儿只好怯怯地跟她走了。她收拾些女儿的穿戴用品，抱着女儿出了小区，匆匆上了一辆出租车，消失在夜色中。

马赛几处骨折，被120急救车送进医疗中心治疗。警察布阵很快就拿下了行凶者，此人叫胡勇，是个混混，有过前科。在提审胡勇时，他很快供出了指使者身份。警察了解到蒙寒是马赛的前妻后，非常震惊。警察问马赛，他前妻有无精神病史。 马赛摇摇头。他告诉警察，说他经常被前妻殴打，不得已才离婚的。还说他们的女儿从小受惊吓，很胆小，女儿肯定被他的前妻带走了。他要警察一定帮他找到女儿，以前他的前妻为报复他就来作践女儿。没过几天，警察经过明察暗访，通过举报线索了解到，在一处民宅里有一高大女子，之前一直没见她带孩子，这几日见她领了一个3岁左右的小女孩，说是她女儿，这孩子经常哭闹着要爸爸。警察发现和他们要找的人很像，就立即将蒙寒带到警局询问，确认后，将蒙寒收监，把女儿还给了马赛。

几个月后，有一天下午，马赛一阵烦闷，无心工作，就请假提前回家，他先到幼儿园接回了女儿姗姗，送她到小朋友家参加生日聚会，然后自己回家，希望可以有三两个钟头无人打扰的清静时间。他回到住处，见到处都乱兮兮脏兮兮的，感觉更烦。他在房间转悠了两圈，突然想起了什么，在抽屉里拿了一串钥匙，装进衣兜就出了门。他自言自语道："该去王亮家看看了，顺便快乐地待几个小时。"马赛又打了个电话，就出了家门，不到一刻钟就到了花都小区A栋B座，他乘电梯到13楼，将钥匙插在锁孔转动了几下，推开房门的瞬间，他心底不觉一阵悸动，不知是什么东西让他感到不安。他思忖片刻，分辨不出到底是什么，于是自我安慰说："可能是神经紧张，跟暴力媳妇共度了4年光景留下的后遗症吧，不然还会是什么？ 毕竟蒙寒在牢里关着，锁着，还有人看着呢。虽然她知道给王亮看房子的事，但她在里面待着，又能怎样？别自己吓自己了。"

马赛决定先喝杯茶，看看电视新闻，等女朋友来了就可以双双轻松快乐一番，然后美美地睡一觉。他接了一壶水，点燃煤气灶，然后到客厅打开电视。

整点新闻频道荧屏字幕滚动播出一个爆炸性的消息：当天上午，三名女子从某某监狱越狱逃跑，并且杀死一名狱警。三名逃犯中两人很快就被捉拿归案，还有一人仍然在逃，逃犯姓名正在调查。

马赛不知为什么匆匆扫了一眼这空荡荡的房子，浑身又一阵悸动，他迅速闪出多个不可能，不可能是她，女子越狱太少见，不可能。然而他心里却认定可能有她。他突然明白进门时，他心里的惶恐是什么，他嗅到蜂花牌护发素的气味，熟悉的洗澡后的味道……这种想法闪电般而过，他认为不可能。

马赛坐在沙发上，已经吓得动弹不得，起不了身。当他听到有脚步声慢慢走近他，他心想：真是她。他必须起来，必须逃跑，但他动不了，跑不了了，蒙寒已满脸凶狠地站在他面前。马赛睁大眼睛，手指着蒙寒说："你，你，你竟然逃了出来，杀了警察，还跑到这里。"蒙寒说："是。你万万也没想到吧。"

在这紧急关头，突然有人敲门："马赛，在吗？ 马赛，我来了，快开门。"

蒙寒早已不给马赛救命的机会，她将马赛摁倒在沙发上，捂住他的嘴，他根本发不出声来。

"这家伙到底来了没有？"外面的女人一边敲门一边自语。

蒙寒一边捂住他的嘴，一边低声骂道："狗日的，你还约了女人。好啊，你害我坐了牢，自己却在这里寻花问柳，今天我非杀了你不可。"

咚咚咚又是一阵敲门声："马赛，马赛……怎么搞的，手机怎么关机，耍我呀。"那女人自言自语刚要下楼，却听见屋里有动静。她停住脚步，耳朵贴在门上听。

蒙寒使劲掐着马赛的脖子，马赛拼力挣扎。

马赛的女朋友喊："马赛，你在里面吗？ 为什么不开门？"

马赛听到女朋友的声音，仿佛抓住了一根救命稻草，他逮住蒙寒一只胳膊狠命咬了一口，蒙寒大叫一声放了手。这时马赛不知道从哪里来的勇气和力气，他以迅雷不及掩耳之势把蒙寒摔倒在地，并扭住她的胳膊，使劲向门外喊着："赶紧报警，打110报警，越狱犯在这里……"

蒙寒最终被赶来的警察制伏。这次，她知道自己犯下的是重罪，恐怕这一生都要待在里面了，再也见不到女儿姗姗。她扑通跪地，请求警察让她最后再看女儿一眼。

女儿姗姗在小朋友家里盼望着爸爸来接她，她问阿姨："我爸爸怎么还不来呀？"

阿姨说："不急，爸爸说不定有事耽搁了，你和乐乐再玩一会儿。"

姗姗对乐乐说："我妈妈要能像你妈妈一样该多好啊，我爸和我妈在一起老打架，我害怕极了，有一次我妈妈都把我打伤了，流了好多血，你看，我头上的疤。"

乐乐看了伤疤一眼，哆嗦一下说："我爸爸妈妈从来都不打我。"

乐乐见姗姗眼泪汪汪的，就说："你别哭，我让我妈妈告诉你妈妈不要打你好吗？"

乐乐妈妈看见姗姗很伤心，就来安慰她："姗姗乖，一会儿爸爸就来接你，兴许他正往这赶呢。现在阿姨先给你俩洗个澡，等爸爸来了就回家睡觉好吗？"

姗姗这才停止了哭泣。

不一会儿，马赛敲响小朋友的家门。

打开门，乐乐妈妈对马赛说："你终于来了，孩子不停问爸爸。顺便多句嘴，你和姗姗妈妈虽然离了婚，还是要多关心孩子。孩子说，你们如果不争吵该多好，一家人可以幸福地生活在一起。"

马赛答应着抱起孩子道了谢。姗姗搂住爸爸的脖子，高兴地给阿姨说再见。

马赛带孩子下楼，走出小区，坐在警车里的蒙寒看见姗姗，突然哭出声来："对不起，我对不起他们……"

马赛在路边站了一会儿，抱着女儿头也不回地离开了。

蒙寒顿时声泪俱下，悔之晚矣。

2010 年 4 月 19 日初稿

2014 年 4 月第二次修改

2020 年 8 月第三次修改

底　线

1

南婷驾着车，以每小时 140 公里的速度，向两城之间一家红火的农家乐飞驰。

吴主任在庞龙的《两只蝴蝶》的柔情歌声中，两只手也像长了翅膀似的不停地在南婷身上抚摸。 两个人嬉笑着，打闹着，似乎刚才在宾馆的狂热还没有尽兴。

南婷的手未离方向盘，侧身迎合吴主任红润的嘴唇，就在此时，南婷隐约看见他们车前似乎有一个高大的障碍物，两个人嘴唇刚分开，只听南婷一声刺耳的尖叫，车犹如飓风般几个回合的旋转，发出怪声飞出了高速公路，庞龙那柔美的歌声也随炸药一般的巨响沉默了……

对于南婷和吴主任来说，时间永远停留在了 2009 年 7 月 5 日下午 4 点 50 分。

消息传开，大家都为之震惊，说他们难道是殉情？

大家觉着平常南婷和她的丈夫席波恩恩爱爱，和吴主任就是一般的上下级关系呀。周末，南婷说回趟父母家，南婷的丈夫——席波送女儿去爷爷奶奶家，爷爷奶奶想孙女了。

从父母家出来，席波同事打来电话约他去茶秀喝茶打麻将，他今天不知怎么了，运气很不好，老输牌，一把牌没和，正懊恼时，进来一个陌生电话，问他是不是席波，他的妻子是不是叫南婷。他说是。对方说他妻子在高速路上出了车祸，请他赶紧过去。席波问人没事吧。对方说来了就知道了。

席波把手中要打出的牌往桌上一扔，说："南婷出事了！"南婷的闺蜜燕红也在牌场，她就坐在席波的身边，燕红听讯差点儿晕过去……都是同事，听到这样的消息，都扔下手中的牌，急急忙忙驱车赶去出事现场。

现场的惨象使燕红伤心至极，眼泪无论如何也抵不住悲伤，一时嗓子像被抹布塞住了，身子一软瘫在地上。"南婷……"燕红一声撕心裂肺的尖叫，掠过南婷已经模糊不清的脸，哀伤向四周散去。燕红浑身哆嗦着，"哇"的一声呕吐起来，同事见状将燕红搀扶到车上，她呜呜地哭着，嘴里不住地喊着："南婷……南婷……"

席波一手捂着胸口，一手拨通了岳父的电话，他说："爸……"席波哽咽了，说不出话。

岳父问："出什么事了？"

他声音扭曲着说："南婷在高速公路上驾车出事了。"

"什么，没听说她会开车？"

"爸，我也知道她不会开车，可是……"

"在什么地方？人要紧吗？"

"爸，您还是先过来再说。"

席波告诉了岳父出事地点，并让岳父暂时别告诉岳母。

正当席波和岳父通话时，一个女人尖利的哭声响在耳边："你个千杀的，我说是谁呢？原来是和这个臭婊子通奸，撒谎说出差开会，这下可好，连命都没了。我可怎么活呀，我的脸皮都没了，你这个千杀的，没想到你是这么个下场，天哪，让孩子以后怎么做人呀……”

“臭婊子”这个词，在席波听来特别刺耳，这是南婷活着时骂那些不正经女人的话，这个女人用来骂南婷，真是荒诞可恶。

“谁是这个臭婊子的家属？”吴夫人说。

“怎么？你想干啥？”席波说。

“你就是这个臭婊子的男人吗？”

“请你嘴巴干净点儿！”

“丑事都做出来了，怎么，不嫌她给你戴绿帽子？”

“你……”

“现在男人，有几个在外不是‘彩旗飘飘的’，你老婆在外做人家的老二，敢情你不知道啊。”

“他们都已经死了，你这样无德又能怎样？解气吗？”

吴夫人忽然想到自己的老公没有了，又嗷嗷地大哭起来，一边哭一边骂：“风流鬼，死了都是风流鬼……”

南婷的父亲乘出租车赶来了，到出事现场，他一切都明白了。但是，女儿都没了，而且死得这样惨，他还能说什么呢。只有老泪纵横着对席波说：“南婷对不起你，是我们没教育好她，现在就是打她骂她都来不及了，人都没了，我替她给你赔罪了。”说着含着泪给席波深深一鞠躬。

席波急忙扶起岳父说：“爸，您别这样，都怪我粗心，不知道她，他们……”

“席波啊，回去给南婷找几件她平常爱穿的衣服。”

“爸，我去给她买新的。”

“不用孩子。就给她穿平常喜欢的。”

“嗯，爸，听你的。”

“回去给妞妞该怎么说呀？”岳父说。

“爸，您放心，我会瞒着妞妞……”席波说着也难过起来。

2

法医鉴定，两人当场死亡。救护车拉着南婷和吴主任的尸体一路尖叫着，又似乎在大声警示着人们什么，飞快地驶向殡仪馆。

安葬了南婷，席波这才静下心来想想他和南婷的婚姻。这几日，来安慰他的同事朋友人来人往，不知道是出于同情还是来看笑话，他看得出来有的人眼底隐藏的嘲讽，他心中不时也蹿出愤怒。然而，南婷人都死了，他再怎么没面子都要咽下这口气。妞妞以为妈妈出公差车祸死了，哭着闹着要妈妈，被外公暂时接走了。

到席波家来的最多的要数燕红，不光是现在，早在南婷活着时她就常来。她们是闺蜜，然而南婷和吴主任有私情她也并不是不知情，但是她心有顾虑，有私心，也怕伤了席波的面子。不管怎么说，南婷的死，对她打击不小，她觉得既伤心又愧疚……

燕红和南婷、席波都是国家公务员，虽不在一个单位，却在一个系统工作，两家人常来常往胜似亲人。燕红的老公做生意经常出差，儿子被送到寄宿学校，她经常没事就到南婷家蹭饭。她常对南婷说，谁让席波做得一手好菜。等她老公回来又回请南婷一家在一起聚餐，两家人好似一家。

尽管南婷和燕红是好朋友，南婷和席波是夫妻，可是他们各自都有不为人所知的陌生的一面。

且不说燕红，她的老公经常在外做生意，和女人有染的蛛丝马迹经常会被她发现，她不打不闹，只是睁一只眼闭一只眼，如此宽宏是为什么呢？

别看南婷和燕红是密友，但是，她们没有忘记再亲密的关系，心里也要保持最起码的一点儿距离。她们可以一起聊天、逛街、吃饭等等，可私生活方面谁也没有向谁透露，谁更不会去问谁，她们心知肚明，各自都隐藏着那点儿秘密。

南婷死后，燕红的心理底线婚姻底线也彻底坍塌了。她爱上了席波，在她失去闺蜜的悲伤之后，她对自己的爱情有了向往。她的丈夫有钱，身边不缺女人和激情，他们仅仅只是维持婚姻，没有恩爱，没有温存，除了钱什么都没有。可是她对自己暗恋的男人，因为闺蜜的逝去，却有了憧憬。她想在时机成熟时向席波表白，她想承担起南婷对他们的责任和义务。

席波回忆着他和南婷从恋爱到结婚，一直亲密无间无话不谈，直到有了女儿，他们的婚姻到了幸福的巅峰，席波喜欢女儿，他们幸福地领了独生子女证。

然而，随着女儿的成长，南婷职位的升迁，原来的笑声越来越少，争吵和沉默越来越多，相互之间的交流就变得更少了。席波虽然是一个普普通通的公务员，但是他是一个尽心尽职的公务员，他不想当官并不意味着他不愿意上进，他在单位的表现一直都很积极、勤快。别人不愿意干的都是他去干。南婷总说他傻。他总说南婷，当初不就是看上他傻嘛。席波在一种异样目光的压力下，总安慰自己，相信南婷的心会回来的。但是他又觉得南婷离他越来越远，南婷说她不愿意过这样平淡的生活，说她憋屈，她总拿席波和某某人比。席波也很懊恼，她当初怎么就看上他，不嫌他。席波想他就这样踏踏实实工作、踏踏实实做人没有错啊，谁愿意当官谁当啊，若人人都去当官了，工作谁干呢？席波觉得这样做人挺好。但是南婷越来越看不上他，越来越不愿意回家，越来越晚回家，出差越来越多，时间越来越长。同事在后面指指点点，席波并不是不以为然，他看着女儿一天天地成长，他不想让孩子承受太多，他相信有一天南婷会明白和理解他的。

3

在席波眼里，妻子南婷变成了工作狂，照顾女儿几乎成了席波一个人的责任，他承担了父母的所有义务。幼儿园、特长班接送等日常全都是席波一人承担，单位有事加班，他实在忙不过来，就打电话让燕红帮忙，燕红从这时起对席波的好感越来越强烈。

燕红是南婷的闺蜜，从小一起长大，一起上大学，一起参加工作，从无话不谈渐渐地变成了心有隔阂，都是因为婚姻。燕红的丈夫做生意很有钱，燕红在婚姻中充当什么样的角色她很清楚，儿子被送到贵族学校，她在单位只是做好手头的工作，是那种“我是女人，不想逞强”的女人，闲得无聊就经常来帮席波照顾南婷的女儿，有时南婷出差，席波忙不过来就请她接送孩子，燕红慢慢喜欢上席波，她觉得席波这样的男人才踏实可靠，是最值得依赖的男人。南婷是身在福中不知福，她要是和席波这样的男人一起过日子，虽然平淡，但是安全感十足。所以在南婷不回家、丈夫不回家时，席波就成为她依靠的港湾。

她有时打心里不愿意丈夫回家，不愿意南婷回家，她愿意这样静静地享受和席波待在一起时不是夫妻又胜似夫妻的美好感觉。

而席波呢，燕红对他的情意他并不是没有察觉，人心都是肉长的，对于燕红的帮助他也感动过，但他不愿意跨出那一步，他一直告诫自己做人要守住底线，无论南婷做了什么，只要她能回头，他都会原谅她。就因为她是孩子的母亲，是他的妻子，是他曾经热恋的爱人。别人骂他王八也罢，骂他缩头乌龟也罢，骂他什么他全不在乎。他在静静地等待妻子回头，他在默默地为南婷、为孩子守护着这个家。

然而，席波等来的是那样一个连他自己都不愿看见的答案，一个非要他清清楚楚明白的答案。他成为一个被无数人指指戳戳，被骂成是一个没有血性、没有本事、软弱无能的男人。他抱着南婷的遗像哭出声来，他说：“南婷，你怎么会这么狠心扔下我和女儿？我一直在等你，女儿也在等你，你为什么就这样不对我们说一句话，你怎么舍得啊……”

燕红哭得像个泪人似的走到席波身边，她温存地抱住席波说：“席波，你想哭就大声哭出来，别憋着，会憋坏的。没事，没事的，你和女儿还有我呢。”

席波慢慢停止了哭泣，他擦去眼泪对燕红说：“燕红，我知道你是一个善良美好的女人，可是你有自己的家，好好过你的日子。你我本来就没有关系，还不是因为南婷我们才有了联系，现在南婷走了，人活着不仅仅是为了自己快活，还有家庭，还有孩子，还有很多方面。燕红，南婷不在了，今后，今后你也不用来我家了，我会打理好我的生活，我有能力管好我们的女儿。谢谢你。请你理解我。”

燕红哭着离开了。席波拿出了南婷的遗物，他打开南婷的手机，忍着痛，忍着泪一条一条删除着南婷和别人所有来往的信息、电话号码，他将手机擦干净，将卡取出来，扔进马桶冲下去。 他将南婷的遗物用她的丝巾包好，放回书房的柜子里并锁好。

席波擦了把脸，他打开家里所有的窗户，让阳光投了进来，他开始打扫房间，整理南婷的衣物、皮包、鞋子，将它们统统放进衣帽间的柜子里。

他锁好柜子，洗了个热水澡，把脸刮得干干净净，换了一身舒适的休闲服，他要去岳父家接女儿回家。

2010 年 10 月初稿

2018 年 7 月修改

山雨欲来风满楼

1

吴敦子和王丽萍是高中同学，敦子上了师范，丽萍上了医学院。

由于敦子家在山区农村，各方面条件没有达到丽萍母亲对女儿的择偶要求，俩人的恋爱关系也因此搁浅。敦子毕业后，回到他们县里的山村学校当了一名教师。

丽萍自然进了医院，当了医生。由于她非常忙，所以不愿意在医院里找对象，也不愿意在这方面再浪费时间，有人给她介绍了个工厂的工人，她答应见面，见了面男的说自己是个孤儿，丽萍觉得他怪可怜的，恻隐之心泛滥，就和他相处起来。

她觉着人还不错，凑合着过吧。没多久两人结婚了。过了几年他们有了孩子，没曾想有了孩子不久，孩子他爹下岗了，这以后就开始在外面打零工，干干停停，后来总算稳定了，一个月挣两千、三千，最后到四五千，但他的工资从来也没有高过丽萍，这样一来，丈夫承担的家务就多些。

而吴敦子呢，他和丽萍分手后，关系回到县里教育局，被分配到山里一所中学当老师。他为人实诚，书又教得好，但长相非常一般，加上家在农村，介绍了几个对象人家都不愿意，后来有人给他介绍了一个县里离了婚的女人。这个女人虽然有工作，但是听说她好吃懒做，前夫才跟她离了婚，在县里公安部门工作的哥哥便托人给她找对象。也许是天意吧，敦子就和她结了婚。

王丽萍和吴敦子两人前后成家。两个家庭虽然生活在不同的地方，但几乎是在同一时间添了人口，王丽萍3月初凌晨2点添了儿子，吴敦子在同一天早上4点添了女儿。2017年，两个孩子同上初一，一个在大都市里的重点学校，一个在山区县城中学。

他俩婚姻状况的巧合，就好像老天爷在跟他们开玩笑。他们几乎同时结婚，孩子几乎在同一时间出生，婚姻也几乎是在同一时间出现了无法预判的变故。

王丽萍的儿子从初一开始就在省城重点中学上学，她一心扑在儿子身上，虽然她在另一个城市上班，但每天晚上都赶回去照顾儿子，也因此对自己的丈夫疏于管理和关心。2018年6月即将期末考试，下半年孩子就要升初二了，孩子学习越来越好，每学期都是班里的三好学生，丽萍愈来愈为儿子骄傲，为了儿子她再累再苦也毫无怨言。

只有到了星期六、星期天，儿子的爹才到省城帮着丽萍照顾儿子。一个星期天，儿子的爹说因为周六公司加班，所以晚一天才到。这天刚好是丽萍的生日，每年的今天丽萍都能收到礼物，而今天丽萍迟迟没有等到。丽萍一直等到儿子睡下以后，才问他："礼物呢？"

儿子他爹说："你没给我钱，我拿啥买。"

"什么？ 你每月四五千工资，孩子这里都是我管，买个礼物你还需要我给你钱，那和我自己买有什么区别。"丽萍说。

"家里那边水电费、物业费不都是我缴吗？"

"你每个月不是还从我这里拿2000块钱吗？"

"请朋友吃个饭，给家里买买东西花完了，没了。"

“好吧。我今天要听听你是咋花的？”丽萍说，“你一个人在那边怎么花出去六七千？ 把账给我报一下。你一个人一个月四五千不够，还要从我这里拿两千，你说说吧，平常没跟你细算过，今天算一算，到底咋花的？”

“我今天不算咋了。不行咱就离婚。”

儿子他爹突然说出这话，丽萍愣住了，她说：“我听力没问题吧？”

他接着说：“你不是聋子。钱在你那儿，房子两套，各人一套，其他法院该咋就咋。”

丽萍半天没有回过神来，她问：“你刚才说什么？ 你再说一遍。”

“我说离婚。两套房子一人一套，我要那套大房子，你住那套旧的。”

“你平白无故要大房子？ 你凭什么？ 为什么？ 外面的女人让你跟我这么说的？”

“你说对了，就是这回事。”

“你，无耻！ 竟敢这么说。你一点儿都不考虑儿子吗？”

“儿子都 14 岁了，想跟谁跟谁。”儿子他爹一边说着一边收拾自己的东西，然后开门走了。

一切不在预料之中，一切来得这么突然，防不胜防，就像开车行进在回家途中，眼前突然发生交通事故，让人猝不及防。丽萍辗转反侧，一夜无眠，她想，我做错什么了？ 难道这一年我上班下班，来这里管孩子，他在家里找了女人？ 孩子现在多么关键，他突然提出离婚，这完全不是他的样子。孩子怎么接受？ 就是有什么，也不能现在离婚，等儿子上了大学再说。明天一定找他谈谈。

丽萍对于这突如其来的变故一时不能理解，这是为了什么？ 一切莫名其妙，一切犹如狂风暴雨说来就来，让她一点儿思想准备都没有。十多年的夫妻，就算没有感情，还有一点儿恩情吧，这一点儿恩情都没有了？ 这日子过得也太失败了……一个家就那么容易吗？ 说散就散？ 想当初初恋被父母拆散，自己坚持要嫁给一个没爹没妈的孤儿，爸妈也警告过她，有后悔的那一天，可她不信。如今，现实击碎了她的梦想。十几年的夫妻，难道一点儿夫妻情义都不讲了吗?！就算不怜惜我，难道连自己的儿子都不怜惜了吗?！这个世界真是变得如此薄情了吗?！

丽萍好不容易挨到天亮，没等她过去找他谈，他已经迫不及待地用微信发来了离婚协议。条条框框非常周全，家里所有的家底一目了然，借谁多少钱，还了多少钱，还剩多少，股票多少，存款多少，一项一项罗列得清清楚楚，好像是早有预谋，只是昨晚才有时机说出来。

王丽萍彻底懵圈了。眼泪不知不觉像瀑布一样垂落下来……

6 月一个星期一的早晨，天突然开始起风下雨，吴敦子的妻子还没起床，他就早早起来做好饭，叫醒女儿一起吃了早饭，先开车将女儿送到县城中学，然后再进山上班。吴敦子现在是山里一所中学的校长，他一般只有周末才能回县城和媳妇孩子住，女儿上小学时一直跟着他，现在回县城上中学还不到一年。

吴敦子开车刚驶出县城，忘了带手机充电器，他又返回家去拿。他停好车，嗵嗵嗵跑上楼，从包里掏出钥匙打开门锁，换上拖鞋急忙去卧室拿充电器，卧室门关着，刚走到门口，里面很粗的喘气声和女人的呻吟声，他头“嗡”的一阵眩晕，差点儿跌倒，手里的钥匙碰在卧室门上，里面突然安静片刻，传出女人的声音：“谁？”

敦子咬牙切齿，握紧拳头，一脚踹开门，里面的男人和女人慌慌张张地穿着衣服，他揪住男人给了一拳，男人流出了鼻血，匆匆逃跑了。他给了女人狠狠一巴掌，还没等吴敦子说话，女人说：“也好。早就想给你说，离婚。”

“你真不知道羞耻，你干这事有没有想过女儿？ 想过这个家？ 你让女儿今后怎么活人？”

“你不说，她怎么知道?”

“你……”敦子又抽了女人一巴掌说，“离！ 马上就去法院！”

“到法院就到法院，谁怕谁！”女人不屑地说。

2

丽萍本身不想离婚。她为了孩子，厚着脸皮找朋友当说客，但是都无济于事，人家是铁了心地要离婚。

丽萍说："就不能等等，等孩子上了大学再离也不迟。"

"不行。"

"有人等不起？ 等不及了？"

"是。必须离。"

"好！ 那能不能先不告诉孩子，等孩子上了大学再说。"丽萍说。

"这都什么年代了，离婚就离婚，孩子知道又能咋样。单亲多了去了，有什么稀奇。"

事后，他迫切地对自己的儿子说："我和你妈感情不和，过不下去了，所以要离婚。至于你想跟谁由你自己选择。"

孩子说："你真要和我妈离婚？"

"真的。"

"没有回旋余地？"

"没有。"

"连我的面子也不给？ 就这么迫切要跟我妈离婚？ 外面你的孩子等不及了吗？ 你就这么急切地去给别的女人养孩子吗？"

他不作声。

孩子继续说："我妈为了我，上班跑那么远，下班又跑到这里，天天如一日，你一个礼拜就来两天，甚至一天，论辛苦，谁辛苦？ 论关心，你有我妈关心我？"

"我没你妈关心你，你当初就不应该到这里来上学。"

丽萍说："孩子到这里上学你怕什么？ 这名校是他凭本事考进来的，你怕什么？ 你怕早有这天？ 你怕你抵御不了外面的诱惑？ 你是不是早就和别的女人好上了？"

"是又咋样？"

"你没爹没妈，想让孩子也没爹……"

"我没爹没妈，也没饿死。他有爹有妈，将来他脚下的路还得靠他自己走。"

"在一个屋檐下十几年，今天才看清你，原来你是一个没有责任、自私自利、卑鄙无耻的小人！ 你早有预谋，和外面的野女人早商量好了，原来一天天地做样子给我们看，装好人，这么多的花花肠子，这么恶毒，真是没家教，没教养，你总有一天会遭到报应的。"丽萍说。

"我不怕报应。我是个男人，我有承诺。"

"对谁的承诺？ 野婆娘吗？ 真够坦诚的，有了野种了吧？ 现在二胎放开了，找个野女人生去了。那我们娘儿俩呢？ 我们算什么？ 你给我们承诺了吗？ 你给儿子承诺了吗？"

"他不是已经14岁了吗？ 你赚钱比我多，要什么承诺？ 我也没办法，她没工作，怀孕了，你说我该怎么办？"

"你怎么办？ 你是在问我吗？ 你给我滚！ 每月从我这里要两千块是为了养胎，真不要脸！ 你给我滚！ 别脏了我和我儿子的地方！ 滚！ 明天就跟你去离婚！"

丽萍这话一出来，正合了人家的意。人家瞌睡了正需要枕头呢。

丽萍到法院的那天，协议离婚后，人家当着丽萍的面高兴地给相好的报告了消息，这是一场早有预谋的离婚，丽萍却这样感情用事轻易饶了他。丽萍看着他那副得意的嘴脸，想想在一起吃饭十几年，怎么到今天才看清他的黑心肠？

丽萍完全可以通过法庭来解决离婚，可是她不想让孩子上法庭来抉择跟谁不跟谁，父母离婚闹到法庭，被传出去孩子在学校怎么抬得起头。为了不让孩子受到影响，丽萍做了让步，协议离婚。没想到，他还得寸进尺，竟然死皮赖脸地对丽萍说，他工资少，不想让那个女人和孩子受罪，因为那个女人没工作，孩子就要出生了，他现在挣的钱，以后也买不起房子……最后，大房子硬是让他要走了。这个不知耻的男人，可怕的小人，竟然隐藏得这么深。他对家、对儿子一点儿留恋都没有，这样的男人如何再过下去？ 就是吃亏也要尽快和他了断。

丽萍无语了。骂了一句："可怜又可悲的可怜虫！"

3

丽萍最终把大房子给了他，自己却要了那套小的——他们在一起生活了十几年的旧房子。

敦子的媳妇要求法庭来判决离婚。就在丽萍离婚的同一天，他们也站在了法庭上。敦子不愿让女儿上法庭，他想协议离婚，可是媳妇要房子，却不要女儿。她为了不让女儿跟她，私底下告诉女儿，说她有艾滋病。女儿不知道他们真正要离婚的理由，敦子不想让女儿到法庭也是这个原因，他不想让女儿知道她的母亲是个什么样的人。

女儿听母亲说她有艾滋病，就一定要到法庭弄个明白。敦子不许她去，把她送到学校才赶去开庭。

女儿偷偷跟到法庭，听到了父亲和母亲离婚的真正原因……她站出来说："我要跟我爸。"说完哭着跑出去。

法庭判决：房子是媳妇的，存款一人一半，女方一次性付清女儿到 18 岁的生活费。轿车归吴敦子所有。媳妇仗着她哥是法院的，在法庭大叫："现在不是判了吗，让他们马上从我家搬出去！"

吴敦子说："搞清楚房子是谁买的。你干那些龌龊事，要不是看着女儿跟着受委屈，我跟你官司打到底。你就别嚣张了，别给脸不要脸！"

吴敦子和女儿立即就没了落脚的地方。现在又来不及找房子，即使有房子，一个十几岁的姑娘，他怎么放心呢。先回学校吧，自己辛苦一点儿，天天来接送女儿，后面再想办法。

他和女儿在判决的当天将属于他们的东西——衣物和日常用品搬上车。回学校的路上，女儿一声不吭。

敦子告诉女儿："一切会有的，房子会有的，大不了爸爸给咱买个小点儿的，或者买个旧房子。"女儿不说话，只是流着泪。

敦子想：这还有天理吗？ 她出轨反而我搬出家？ 什么都没有了。他看了一眼女儿又想，还好，我还有这个最大的财富——女儿。别说她不要女儿，就是要，我也绝不会给她。

女儿一路没说一句话，到了敦子所在学校的宿舍，敦子对女儿说："孩子，想哭就哭出来吧。"女儿"哇"的一声哭出来，哭了一会，突然又笑起来，一会儿哭一会儿笑，平静下来时，要么坐着，要么躺着，一句话也不说。

第二天敦子叫她起来，她紧张地问敦子："你是谁？"

"我是爸爸。"

"爸爸是谁？ 妈妈在哪儿？ 我的家在哪儿？"

敦子见女儿情况不妙，突然想起丽萍。自丽萍结婚后，他不想打扰她的生活，但现在女儿这样了，只有请她帮助，他这是迫不得已而为之。他急忙拨通丽萍的电话，电话接通后，他又不知怎么说才好，丽萍听出他哭了，问他到底发生什么事了？

他说："我女儿她，她，我女儿她好像精神有问题了。"

他给丽萍讲了原因。

两个人在电话两端默默地流着泪……丽萍镇定了一会儿，对敦子说："你要振作起来，不要让孩子看见你流眼泪，什么也别说了，你赶快收拾收拾，带几件衣服，把孩子带过来，我陪你一起送孩子去省城精神病医院，我的大学同学在那儿，咱们找他帮孩子恢复治疗，一定会好起来的。你开车注意安全，咱们待会儿见！”

2018 年 7 月 21 日完稿

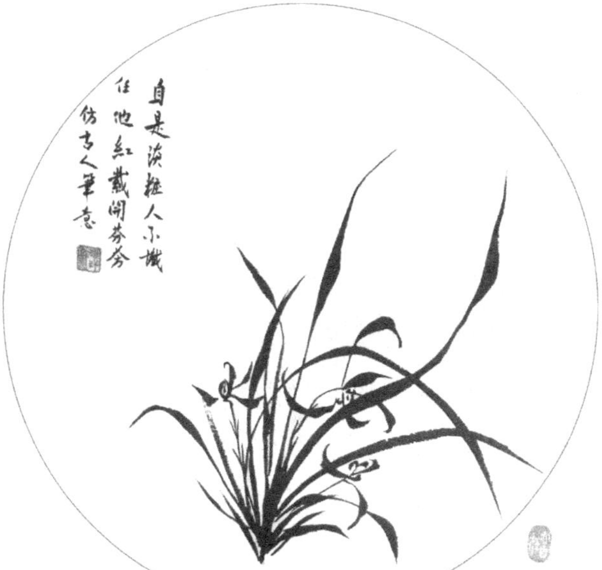

超越浪漫

田思怡最近恋爱了。她幸福得像一只百灵鸟，嘴里整天不是诗就是歌，谁要是从她的身边经过，她的快乐和幸福就会传递给谁。这会儿的田思怡已经不是凡人了，她就像生活在世外桃源的仙子一样。

她的男朋友在A城读文学博士，她在B城政府部门工作，家境优越，衣食无忧。下班后，她就钻进自己的小天地和男朋友文杰通电话，说情话，不愿意直接表达时，就用诗歌来传递感情。

她爱听音乐，回家就打开音响，音乐在房间里静静地流淌，她拨通了文杰的电话，她那磁性美妙的声音和轻柔的音乐，像涓涓的流水一起涌入文杰的心田。

我如果爱你——
绝不像攀缘的凌霄花，
借你的高枝炫耀自己；
我如果爱你——
绝不学痴情的鸟儿，
为绿荫重复单调的歌曲；

也不止像泉源，
常年送来清凉的慰藉；
……
这就是伟大的爱情，
坚贞就在这里；
爱——
不仅爱你伟岸的身躯，
也爱你坚持的位置，
足下的土地。

田思怡的柔情通过电波传遍了文杰全身，他闭着眼睛享受着像是来自天外的温情。 他默默地享受着，聆听着……

“你在听吗？”思怡问。

“我沉浸在这种感觉里啊，太美了，思怡。”

“我在你身边，文杰。”

“我感觉到了思怡，你一直在我身边，一直激发我，鼓励我。我感觉自己越来越美好了。”

“我也是。那我挂线了，我妈叫我吃饭呢。多保重文杰，再见！”

“嗯，再见思怡。”

思怡挂了电话，对着镜子里的自己甜甜一笑，便下楼吃饭去了。

文杰在A城，思怡在B城，虽然相距不是那么遥远，但是由于文杰学习任务繁重，他们很少有机会见面。

工作之余，他们最多的交流方式就是打电话、发短信，重复着每一天必做的事，彼此的身影在空气中弥漫、氤氲。

在思怡和文杰的交往中，他们上一次的见面，最让思怡难忘。她经常会想起那天和文杰在咖啡馆的约会。

文杰领她去离校区不远的咖啡馆，他们一进咖啡馆，耳朵里就钻进“把爱全给了我，把世界给了我……”文杰问思怡：“这是什么歌？”思怡神秘地一笑说：“《懂你》。”文杰也笑了，笑得那样自信、灿烂。

他俩在咖啡馆待了大半天，咖啡馆有中餐和西餐，他们点了各自喜欢的饭菜。他们在一起谈电影、谈文学、谈哲学、谈人生。文杰长她几岁，他凭着自己的人生经验，在引导她，启迪她，他的思想在潜移默化中改变着思怡的心灵世界，使她越来越通透明亮。

他们的话语像清晨鸟儿的对唱，他们的笑声像春天的阳光穿越着浪漫，她依靠在文杰的肩膀上，她听他说话，他听她读诗。思怡给文杰诵读了《我的相思围抱住了你》，文杰静静地听着：

我想你！
我的相思围抱住了你，
绕着你而抽芽，
像蔓藤卷缠着树木、遍发出肥大的叶瓣，
除了那蔓延的青翠把树身掩蔽，
就什么都不见。
可是我的棕榈树呀，
你该明白，
我怎愿怀着我的思念而失去了更亲更宝贵的你！
我宁可你显现你自己的存在，
像一株坚强的树沙沙地摇撼枝杈，
挣出了赤裸的躯干来，
叫这些重重叠叠的绿叶
都给摔下来狼藉满地。
因为在看着你、听着你、
在你阴影里呼吸着清新的空气，
洋溢着深深的喜悦时，

我再不想你——

我是那么地贴近你。

思怡的眼睛里充盈着爱的光芒，文杰拥抱着她沉醉在这浪漫而又诗意的爱情里。

文杰说："思怡，希望你是一部经典，我用一生都品味不尽。"

"还希望你健康。"思怡看着他说，"从里至外。"

文杰点点头说："在你面前，我怎么变得像个孩子。"

"嗯。我的大男孩。我想问你一个问题。"

"什么呢？"文杰说。

"你说，到底什么是爱情？"思怡接着说，"培根论爱情说：'一切真正伟大的人物（无论是古人今人），没有一个因爱情而发狂的人，因为伟大的事业抑制了这种软弱的情感。'我不完全赞同。"

"说说你的观点。"

"因为一切真正伟大的人物不可能不经历爱情，也许他们到达了那种超越的境界。有人说，人是那种没有爱就无法存在的存在，虽然说得很宽泛，但爱情也包括其中。我觉得吧，爱就像一首诗，给人鼓舞、勇气、信心和力量。让自己越来越美好。"

"培根还说：过度的爱情追求，必然会降低人本身的价值。其实，在感情问题上'适度'是挺不好把握的。人有时难免会有一些疯狂，有一些放纵。"

思怡点头赞同。她说："一个人在爱情面前如果没有一点儿疯狂，岂不是永远不敢割断束缚，自由飞翔。"

"爱情最终会归于平淡，平淡的生活会没收你的疯狂。你的爱就会渗透在事业与家庭的繁杂中。当然，冰心有段话说得非常好，她说：'女人是爱的化身，叫女人不爱了吧，那是不可能的，上帝创造她，就是让她来爱，来维持这个世界。'"

"是的。冰心的人生充满爱，女人的心里充满爱，这个世界上，正是因为有女人的爱，才使男人变得高大伟岸，才使世界更加繁荣美丽。你说是吗？”

“对。女人使这个世界丰富多彩，男人让这个世界更加精彩。”

“说得太好了，文杰。不过，我还想问你一个问题。”

“你说。”

“如果一个人特别想念另一个人，但这个人又见不着他的时候，该怎么办呢？”

“那就把她寄托在工作上、书本里、生活中。”

“那如果一个人在孤独寂寞的时候，想和他爱的人聊聊天、讲讲心里的苦闷，但是这个人又没有时间，该怎么办呢？”

“和上帝对话，与生命聊天。”

“你说的好像不是凡人的生活。”

“你本来就不是凡人，是花仙子呀。”

……

朋友的电话打断了她美好甜蜜的回忆，讨厌的王心悦，约她去喝咖啡。

思怡走进咖啡馆，来到王心悦身边，见她眼睛红红的，问：“呦，谁欺负你了？眼都哭红了。”

“这次，非跟他完不可。”

“这话我可听多了。”说着，思怡拿起打火机帮心悦点上烟。

“我骂了他。”

“啊，你怎么可以骂人呢？”

“他本来说好的周末陪我，可我看见他带老婆孩子，开着车不知道去哪里了。我打他手机，他老婆接的，我让他老婆把电话给他，他刚接电话我就骂了他，还说了一大堆不好听的话。”

“你可真像个母老虎，人家回家也没错。谁让你非要看上个有家的，让你分你还舍不得，这下尝到苦头了。”

“臭男人一套一套的，我病了两三天，他都没来看我一眼。周末说好了来陪我，却被他老婆裹挟去了。”

“听我一句话，分了吧。人家有老婆孩子，你这是第三者插足知道吗？”

“谁让他先勾引我的。”

“你愿意上钩啊。”

“闹多少次了，一次次闹，一次次分，合合分分几十回了。”

“结果还是舍不得，是吧？”

“这东西说不清了，不见他就想，见了又吵。真累。”

“他比你更累。老婆、孩子、你、工作等等。”

“唉，活着真麻烦。”

“生活本来就是一个接一个的麻烦搅在一起的。”

“我看你一点儿麻烦都没有，过得比谁都幸福，瞧你家文杰把你宠得成公主了。”

“那你赶快好好找一个。”

“你说我该怎么办嘛，思怡？”

“靠自己，谁也承担不了你的麻烦。”

……

思怡和心悦分手后，一路上她都想不通心悦，为什么不换一种活法，好好地谈恋爱结婚不好吗？ 为什么会这样选择自己的生活？ 唉，爱情啊，真是让人说不清楚！

正想着，电话响了，是文杰。

“我挺好，刚和心悦喝咖啡了，快到家了。你呢，今天干吗了？”

“一直挺忙，刚从教室出来。想你了。”

“我也是。累吗？ 我给你唱首歌轻松一下。”

“……好听吗？ 知道歌名吗？”

“好听。不知道歌名。”

“《电话情思》，这都不知道。”

“思怡，你真好。”

“你也是，是个大暖男。赶快回宿舍好好休息，我到家了，挂了，再见。”

回到家，爸妈还在看电视，她和爸妈打了声招呼，说她今天有点儿累，心悦的事让她很烦。她上楼回到自己房间，关上门，躺在床上，眼前竟是文杰的笑颜，他轻言轻语说：爱情啊，爱情……

她微笑着咬着嘴唇，心里旁白道：文杰爱思怡，思怡也爱文杰，多美好，多美好……想着笑着，笑着想着，脸上挂着满满的幸福睡着了。

2004 年 4 月 22 日完稿

2018 年 7 月修改于琅玕斋

熟悉的陌生人

南燕不想回家。之前她不是这样的，自从丈夫把他打入冷宫后，她和他谁见了谁都觉得刺眼睛，更谈不上夫妻间的切肤之欢了。

南燕和朋友每次喝酒都会醉，醉酒之后就不想回家，到朋友家酣畅淋漓地倾诉一番后，日子能好过几天。复式结构的大房子，一楼客厅、餐厅，二楼卧房，她经常把自己关在房子里，头不梳脸不洗，李翔偶尔回家，看到她这种模样，拿几样东西就走，谁也不理谁，比大街上的陌生人还要冷漠。

南燕心里明白丈夫在外面有了别的女人，然而，她打心里又不愿意接受这个事实。每次两个人吵架，她总说李翔在外面和女人鬼混才不愿意回家，根本不在乎她，她在这个家就像空气。

李翔说："你看看你现在的样子，怎么带你出去见人？ 你是个女人却不像女人，投错胎了吧。"

李翔这些话像刀子一样刺痛南燕的心。

最让南燕感到后悔的是——她以终止自己的事业为代价成全了李翔。他现在真是翅膀硬了，飞起来了，南燕却被他彻底冷落了。

南燕在成全李翔之前，她和几个合伙人开了一家商贸公司，她是总经理，那些年她的人生是何其的辉煌。那时候，她挣钱多，李翔在单位上班每个月不到一千块，她工作繁忙，回家也少，今天去北京，明天去南京，到处开会，对李翔的关心也不够，对儿女欠下了感情债。

其实，南燕本来是个事业型的女人，工作起来很疯狂，她不会像小女人那样的小鸟依人，温柔体贴，久而久之，李翔对她意见很大，时间长了，夫妻间的那种怜爱也就没有了。

两个人的感情停留在无休止的战争中，谁都觉得对方没什么了不起。后来，李翔突然改变了态度，他知道南燕的投资已经滚到几百万。正当南燕的事业红火的时候，他叫南燕撤股，南燕不予理睬。他死缠硬磨，对南燕体贴有加，让南燕感觉到了从前的温情。他告诉南燕，他们两口子携手自己干事业，成立自己的商贸公司。南燕觉得也好，毕竟是自己的丈夫，她也想让丈夫成就一番事业，经过一番激烈的思想斗争，最终还是实现了丈夫的愿望。

公司注册的时候，李翔注册自己是法人，南燕没有在乎，她想一家人谁是法人都一样。可在一起工作，两人分歧很大，争来吵去还是南燕的意见可取，毕竟南燕比李翔有经验。慢慢地，公司运行进入正轨，李翔也渐入佳境，这时，他就不愿听南燕指手画脚了，觉得南燕有些多余，很多事就不让她插手管了。南燕心里虽然不乐意，但是想想，还是算了。做了这么多年，自己也累了，多和孩子在一起也挺好的，就放手让他去干吧。

南燕去公司越来越少，而李翔回家也越来越少。女人的直觉告诉南燕，李翔肯定有问题了。她便去公司找李翔，正逢女秘书羞答答地从办公室出来，和南燕撞个满怀。南燕像盯一个外星人一般盯着女秘书，她气势汹汹地进了李翔办公室，关上门，质问李翔为什么好几天都不回家。

李翔说："你又不是不知道，忙起来十几天二十天不回家都有可能。以前你不是也这样吗？"

“我那是跑市场，出差。再说，我没有做对不起你的事。我用辛苦换来的钱，给了你今天，你还想如何？”

李翔沉默对抗。南燕又问：“为什么又换了个女秘书？ 她从办公室出去那个样子羞答答的，你们到底什么关系？”

“什么关系？ 老板与秘书的关系。”

南燕不想跟他斗嘴，在公司闹起来对谁都不好，她离开办公室对李翔说：“好自为之吧。”

她离开了公司，决定不再踏入公司一步，看着都来气。南燕明显感觉李翔再也不是以前的李翔了。和李翔生活了这么多年，她从来没有怀疑他的人品，可是现在的确要重新审视一下身边这个熟悉的陌生人。她感觉自己一步一步进入了李翔设计的圈套，眼前的这个人，让她脊梁骨发凉。

李翔回家的次数已经屈指可数了。偶尔回家，南燕要求床第之事，他敷衍应付不说，还把自己当成了皇帝，说是对南燕的恩赐。南燕骂他不是东西，还雨露均沾呢，真把自己当皇帝了，从今天起不要再回这个家，滚出去，滚到那些肮脏的地方去！

女儿、儿子被吵醒了。儿子让妈妈别生气，女儿哭喊着不让爸爸走。

南燕一把扯开女儿，女儿摔倒在地，她推搡着把李翔赶了出去，关上门反锁起来。

这样的精神打击经常使南燕失眠，她整晚整晚睡不着，买醉，以酒来助眠。她酗酒成瘾，想戒又觉得醒着太难受。

一个人静下来时，她也剖析自己，这不是李翔一个人的错，自己也有责任。她了解自己的性格，太过刚硬，就像自己的脸一样太立体了，男人都不喜欢这种类型的女人。现在他们两个互相不认识了，陌生了，她的生活怎么会这样？

她突然觉得维系他们的是孩子，是来自他们身体里的两个生命，尽管自己不是一个合格的女人，没有尽到一个女人应尽的责任，可是怎样才算一个合格的女人？ 既温柔又善良，既贤良又漂亮，还能挣钱，还要风情万种吗？ 在男人的眼里，这样才算合格吗？ 这样完美的女人存在吗？ 不！ 她要为了孩子维系这个家，如果离婚，孩子是可以一人一个，可是，这个世界上还有第二个比母亲还疼爱自己孩子的女人吗？

孩子没有错，自己再怎么委屈也不想给孩子一个残缺的家，她想竭尽全力给自己一点儿希望让李翔回家。她在手机里输着李翔的号码，输了删掉，再输入再删掉，一遍又一遍，终于按下发送键……拨通电话，她约了李翔好好谈谈。李翔答应了。

他们各自开车来到约定的茶坊，心里想，见面好好长谈一次，似乎彼此都有这个愿望。他们坐在一个包间里，听着萨克斯吹奏的《回家》，服务生送来一壶菊花茶，然后静静地离开，服务生顺手将他俩关在里面。他们静静地坐了一会，还是李翔打破僵局，他问："孩子现在还好吧？"

"你还知道关心孩子吗？"

"这是什么话，我是他们的父亲，怎么不关心？"

"你尽到一个父亲的责任了吗？"

"南燕，今天是你约我的，我不想和你吵，如果要发泄，我就不奉陪了。"他说着就要走。

"想走？ 话说完再走。"

李翔只好坐下来等着她说。

"我能打电话给你，已经做出很大的让步了，你是我丈夫，孩子的父亲，就算我以前有什么不对的地方，你现在的惩罚也该结束了。你和我谁离开谁不行啊，可孩子们可怜，以前那么苦的日子都过来了，现在日子好了，还有什么过不去呢？"

"现在？ 现在不是挺省事的吗？ 我一回家咱俩就吹胡子瞪眼，鸡犬不宁的，我看还是省点儿劲吧。"

"你整天不回家，孩子们问起来，难道让我告诉他们，你们的爸爸在外面有了别的女人了吗？”

“你觉得怎么合适就怎么说呀。”

“你现在是不是存心跟我过不去，看我不顺眼？”

“是又怎么样？ 你从前是怎么对我的？ 忘了？ 你是南总，高高在上，我仰视你，那时候你考虑过我一个男人的感受了吗？ 你凡事听过我的意见吗？ 一切都是你来安排，不容商量。我的家是以你为中心，你是主宰，你挣的钱多，一切都要顺着你，你好好反省反省吧，同样是女人，你既不温柔又不浪漫，既不解风情又不善解人意，你钱多了有用吗？”

“好吧，就算我那个时候做得不好，现在我已经受到惩罚了。你还这么绝情，一点儿夫妻情分都不讲吗？ 就算你不看在我们夫妻情分上，也该为孩子想想，我们这么闹，对孩子今后的成长有什么好处？”

“你不要老拿孩子做挡箭牌，动不动就孩子孩子的。”

“难道这不是一个很严重的现实问题吗？ 假如我们离婚，孩子一人一个，哪个跟着你都要受罪，你以为还有哪个女人会像我这样对待我们的孩子吗？”

“假如我们离婚，孩子一人一个，你那200万咱各拿一半，可以的话，你把女儿给我。你如果不想要儿子，也可以，儿子跟我，那一半也归我。”

“那我要是不给你钱，你还要不要孩子？”

“那你有那么多钱，不如把孩子都带上，你是他们的亲妈，你刚才还说了，没人会像你那样对他们好。”

“你什么时候变得这样无耻，你是不是男人？ 只认钱，你还有人性吗？孩子我不会给你一个，钱没有一分。你给我滚！滚！咱们法庭见！ 你个无耻下流的混蛋！”

李翔一脸轻松，他走的时候还重申：“就那条件，你考虑考虑。”

南燕用水杯砸了过去，砸在李翔的胳膊上，杯子咣当一声落在地上，碎了，李翔拍打拍打胳膊，毫不在乎地走出包间。

南燕眼前一片模糊，咖啡厅昏暗的灯光，闷得她透不过气来，她喊服务生：“来瓶酒。”服务生把酒拿了来，她眼泪汪汪地看着酒瓶，又摇了摇头对服务生说：“不，拿走吧，从今往后我绝不沾酒。”

2004 年 7 月 28 日初稿

2018 年 7 月 22 日修改于琅玕斋

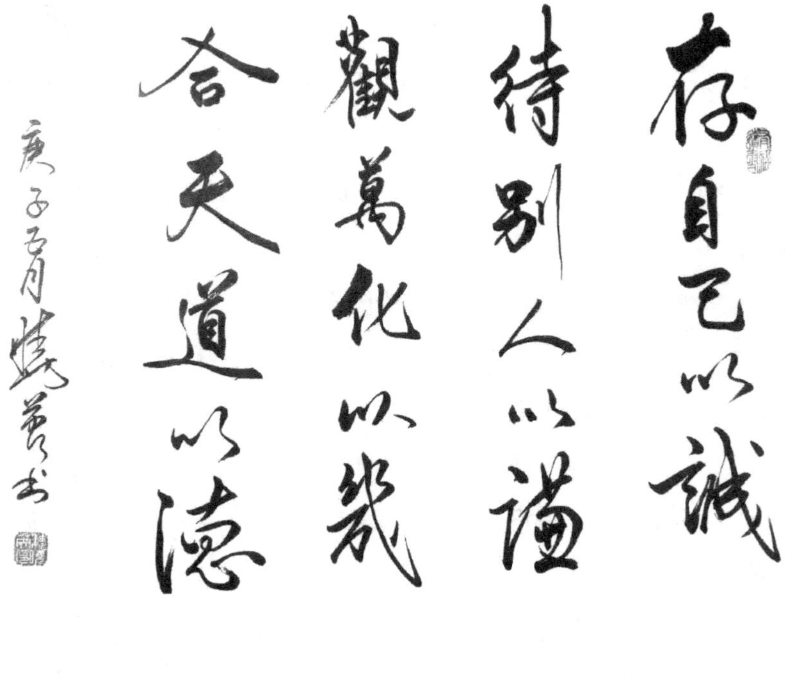